过好这一生

季羡林 著

浙江人民出版社

一个总是在学习和工作中讨生活的人，是不会察觉自己老之将至的。

有时是身躯首先衰老，有时也会是心灵。

真糊涂不难得，真糊涂是愉快的，是幸福的。
假糊涂才真难得，假糊涂是痛苦，是灾难。

如果人生真有意义与价值的话，其意义与价值就在于对人类发展的承上启下、承前启后的责任感。

我虔心默祷上苍，今后再也不要让真糊涂进入我身，我宁愿一生背负假糊涂这个十字架。

人生在世一百年，天天有些小麻烦。
最好办法是不理，只等秋风过耳边。

知足知不足，有为有不为。

人世间，波诡云谲，因果错综。只有能做到“尽人事而听天命”，一个人才能永远保持心情的平衡。

C目 录ONTENTS

第一章 不完满才是人生

第二章　生活因简单而幸福

第三章　糊涂一点，潇洒一点

第四章　面对真实的自己

第五章　不喜亦不惧

第一章

不完满才是人生

每个人都争取一个完满的人生。然而，自古及今，海内海外，一个百分之百完满的人生是没有的。所以我说，不完满才是人生。

不完满才是人生

每个人都争取一个完满的人生。然而，自古及今，海内海外，一个百分之百完满的人生是没有的。所以我说，不完满才是人生。

关于这一点，古今的民间谚语，文人诗句，说到的很多很多。最常见的比如苏东坡的词：“人有悲欢离合，月有阴晴圆缺，此事古难全。”南宋方岳（根据吴小如先生考证）诗句：“不如意事常八九，可与人言无二三。”这都是我们时常引用的，脍炙人口的。类似的例子还能够举出成百上千个。

这种说法适用于一切人，旧社会的皇帝老爷子也包括在里面。他们君临天下，“率土之滨，莫非王臣”，可以为所欲为，杀人灭族，小事一端，按理说，他们不应该有什么不如意的事。然而，实际上，王位继承，宫廷斗争，比民间残酷万倍。他们威仪俨然地坐在宝座上，如坐针毡。虽然捏造了“龙驭上宾”这种神话，他们自己也并不相信。他们想方设法以求得长生不老，他们最怕“一旦魂断，宫车晚出”。连英主如汉武帝、唐太宗之辈也不能“免俗”。汉武帝造承露金盘，妄想饮仙露以长生，唐太宗服印度婆罗门的灵药，期望借此以不死。结果，事与愿违，仍然是“龙驭上宾”，呜呼哀哉了。

在这些皇帝手下的大臣们，“一人之下，万人之上”，权力极大，骄纵恣肆，贪赃枉法，无所不至。在这一类人中，好人大概极少，否则包公和海瑞等绝不会流芳千古，久垂宇宙了。可这些人到了皇帝跟前，只是一个奴才，常言道：伴君如伴虎，可见他们的日子并不好过。据说明朝的大臣上朝时在笏板上夹带一点鹤顶红，一旦皇恩浩荡，钦赐极刑，连忙用舌尖舔一点鹤顶红，立即涅槃，落得一个全尸。可见这一批人的日子也并不好过，谈不上什么完满的人生。

至于我辈平头老百姓，日子就更难过了。建国前后，不能说没有区别，可是一直到今天，仍然是“不如意事常八九”。早晨在早市上被小贩“宰”了一刀；在公共汽车上被扒手割了包；踩了人一下，或者被人踩了一下，根本不会说“对不起”了，代之以对骂，或者甚至演出全武行；到了商店，难免买到假冒伪劣的商品，又得生一肚子气。谁能说，我们的人生多是完满的呢？

再说到我们这一批手无缚鸡之力的知识分子，在历史上一生中就难得过上几天好日子。只一个“考”字，就能让你谈“考”色变。“考”者，考试也。在旧社会科举时代，“千军万马独木桥”，要上进，只有科举一途，你只需读一读吴敬梓的《儒林外史》，就能淋漓尽致地了解到科举的情况。以周进和范进为代表的那一批举人进士，其窘态难道还不能让你胆战心惊、啼笑皆非吗？

现在我们运气好，得生于新社会中。然而那一个“考”字，宛如如来佛的手掌，你别想逃脱得了。幼儿园升小学，考；小学升初中，考；初中升高中，考；高中升大学，考；大学毕业想当硕士，考；硕士想当博士，考。考，考，考，变成烤，烤，烤；一直到知命之年，厄运仍然难免，现代知识分子落到这一张密而不漏的天网中，无所逃于天地之间，我们的人生还谈什么完满呢？

灾难并不限于知识分子，“人人有一本难念的经”，所以我说“不完满才是人生”。这是一个“平凡的真理”。但是真能了解其中的意义，对己对人都有好处。对己，可以不烦不躁；对人，可以宽容谅解。这会大大地有利于整个社会的安定团结。

人生的意义与价值

当我还是一个青年大学生的时候，报刊上曾刮起一阵讨论人生的意义与价值的微风，文章写了一些，议论也发表了一通。我看过一些文章，但自己并没有参加进去。原因是，有的文章不知所云，我看不懂。更重要的是，我认为这种讨论本身就无意义，无价值，不如实实在在地干几件事好。

时光流逝，一转眼，自己已经到了望九之年，活得远远超过了我的预算。有人认为长寿是福，我看也不尽然。人活得太久了，对人生的种种相，众生的种种相，看得透透彻彻，反而鼓舞时少，叹息时多。远不如早一点离开人世这个是非之地，落一个耳根清净。

那么，长寿就一点好处都没有吗？也不是的。这对了解人生的意义与价值，会有一些好处的。

根据我个人的观察，对世界上绝大多数人来说，人生一无意义，二无价值。他们也从来不考虑这样的哲学问题。走运时，手里攥满了钞票，白天两顿美食城，晚上一趟卡拉OK，玩一点小权术，耍一点小聪明，甚至恣睢骄横，飞扬跋扈，昏昏沉沉，浑浑噩噩，等到钻入了骨灰盒，也不明白自己为什么活过一生。

其中不走运的则穷困潦倒，终日为衣食奔波，愁眉苦脸，长吁短叹。即使日子还能过得去的，不愁衣食，能够温饱，然而也终日忙忙碌碌，被困于名缰，被缚于利锁。同样是昏昏沉沉，浑浑噩噩，不知道为什么活过一生。

对这样的芸芸众生，人生的意义与价值从何处谈起呢？

我自己也属于芸芸众生之列，也难免浑浑噩噩，并不比任何人高一丝一毫。如果想勉强找一点区别的话，那也是有的：我，当然还有一些别的人，对人生有一些想法，动过一点脑筋，而且自认这些想法是有点道理的。

我有些什么想法呢？话要说得远一点。当今世界上战火纷飞，物欲横流，“黄钟毁弃，瓦釜雷鸣”，是一个十分不安定的时代。但是，对于人类的前途，我始终是一个乐观主义者。我相信，不管还要经过多少艰难曲折，不管还要经历多少时间，人类总会越变越好的，人类大同之域绝不会仅仅是一个空洞的理想。但是，想要达到这个目的，必须经过无数代人的共同努力。有如接力赛，每一代人都有自己的一段路程要跑。又如一条链子，是由许多环组成的，每一环从本身来看，只不过是微不足道的一点东西；但是没有这一点东西，链子就组不成。在人类社会发展的长河中，我们每一代人都有自己的任务，而且是绝非可有可无的。如果说人生有意义与价值的话，其意义与价值就在这里。

但是，这个道理在人类社会中只有少数有识之士才能理解。鲁迅先生所称之“中国的脊梁”，指的就是这种人。对于那些肚子里吃满了肯德基、麦当劳、比萨饼，到头来终不过是浑浑噩噩的人来说，有如夏虫不足以语冰，这些道理是没法谈的。他们无法理解自己对人类发展所应当承担的责任。

话说到这里，我想把上面说的意思简短扼要地归纳一下：如果人生真有意义与价值的话，其意义与价值就在于对人类发展的承上启下、承前启后的责任感。

再谈人生

人生这样一个变化莫测的万花筒，用千把字来谈，是谈不清楚的。所以来一个“再谈”。

这一回我想集中谈一下人性的问题。

大家知道，中国哲学史上，有一个不大不小的争论问题：人是性善，还是性恶？这两个提法都源于儒家。孟子主性善，而荀子主性恶。争论了几千年，也没有争论出一个名堂来。

记得鲁迅先生说过：“人的本性是，一要生存，二要温饱，三要发展。”（记错了，由我负责。）这同中国古代一句有名的话，精神完全是一致的：“食色，性也。”食是为了解决生存和温饱的问题，色是为了解决发展问题，也就是所谓传宗接代。

我看，这不仅仅是人的本性，而且是一切动植物的本性。试放眼观看大千世界，林林总总，哪一个动植物不具备上述三个本能？动物姑且不谈，只拿距离人类更远的植物来说，“桃李无言”，它们不但不能行动，连发声也发不出来。然而，它们求生存和发展的欲望，却表现得淋漓尽致。桃李等结甜果子的植物，为什么结甜果子呢？无非是想让人和其他能行动的动物吃了甜果子把核带到远的或近的其他地方，落到地上，生入土中，能发芽、开花、结果，达到发展，即传宗接代的目的。

你再观察，一棵小草或其他植物，生在石头缝中，或者甚至压在石头块下，缺水少光，但是它们却以令人震惊得目瞪口呆的毅力，冲破了身上的重压，弯弯曲曲地、忍辱负重地长了出来，由细弱变为强硬，由一根细苗甚至变成一棵大树，再作为一个独立体，继续顽强地实现那三种本性。“下自成蹊”，就是“无言”的结果吧。

你还可以观察，世界上任何动植物，如果放纵地任其发挥自己的本性，则在不太长的时间内，哪一种动植物也能长满，塞满我们生存的这一个小小的星球——地球。那些已绝种或现在濒临绝种的动植物，属于另一个范畴，另有其原因，我以后还会谈到。

那么，为什么到现在还没有哪一种动植物——包括万物之灵的人类在内——能塞满了地球呢？

在这里，我要引老子的话：“天地不仁，以万物为刍狗。”是造化小儿——谁也不知道，他究竟有没有，他究竟是什么样子。我不信什么上帝，什么天老爷，什么大梵天，宇宙间没有他们存在的地方。

但是，冥冥中似乎应该有这一类的东西，是他或它巧妙计算，不让动植物的本性光合得逞。

三论人生

上一篇《再谈人生》戛然而止，显然没有能把话说完，所以再来一篇《三论人生》。

造化小儿对禽兽和人类似乎有点区别对待的意思。它给你生存的本能，同时又遏制这种本能，方法或者手法颇多。制造一个对立面似乎就是手法之一，比如制造了老鼠，又制造它的天敌——猫。

对于人类，它似乎有点优待。它先赋予人类思想（动物有没有思想和言语是一个有争论的问题），又赋予人类良知良能。关于人类本性，我在上面已经谈到。我不大相信什么良知，什么“恻隐之心，人皆有之”；但是我又无从反驳。古人说：“人之所以异于禽兽者几希。”“几希”者，极少极少之谓也。即使是极少极少，总还是有的。我个人胡思乱想，我觉得，在对待生物的生存、温饱、发展的本能的态度上，就存在着一点点“几希”。

我们观察，老虎、狮子等猛兽，饿了就要吃别的动物，包括人在内。它们绝没有什么恻隐之心，决没有什么良知。吃的时候，它们也绝不会像人吃人的时候那样，有时还会捏造一些我必须吃你的道理，做好“思想工作”。它们只是吃开了，吃饱为止。人类则有所不同。人与人当然也不会完全一样。有的人确实能够遏制自己的求生的本能，表现出一定的良知和一定的恻隐之心。古往今来的许多仁人志士，都是这方面的好榜样。他们为什么能为国捐躯？为什么能为了救别人而牺牲自己的性命？鲁迅先生所说的“中国的脊梁”，就是这样的人。孟子所谓的“浩然之气”，只有这样的人能有。禽兽中是绝不会有什么“脊梁”，有什么“浩然之气”的，这就叫作“几希”。

但是，人也不能一概而论，有的人能够做到，有的人就做不到。曹操说：“宁教我负天下人，休教天下人负我！”他怎能做到这一步呢？

说到这里，就涉及伦理道德问题。我没有研究过伦理学，不知道怎样给道德下定义。我认为，能为国家，为人民，为他人着想而遏制自己的本性的，就是有道德的人。能够百分之六十为他人着想，百分之四十为自己着想，他就是一个及格的好人。为他人着想的百分比越高，道德水平越高。百分之百，所谓“毫不利己、专门利人”的人是绝无仅有。反之，为自己着想而不为他人着想的百分比，越高越坏。到了曹操那样，就算是坏到了顶。毫不利人、专门利己的人，普天之下倒是不老少的。说这话，有点泄气。无奈这是事实，我有什么办法？

当时只道是寻常

这是一句非常明白易懂的话，却道出了几乎人人都有的感觉。所谓“当时”者，指人生过去的某一个阶段。处在这个阶段中时，觉得过日子也不过如此，是很寻常的。过了十几二十年或者更长的时间，回头一看，当时实在有不寻常者在。因此有人，特别是老年人，喜欢在回忆中生活。

在中国,这种情况更突出,魏晋时代的人喜欢做羲皇上人。

这是一种什么心理呢？“鸡犬之声相闻，而老死不相往来”，真就那么好吗？人类最初不会种地，只是采集植物，猎获动物，以此为生。生活是十分艰苦的。这样的生活有什么可向往的呢？

然而，根据我个人的经验，发思古之幽情，几乎是每个人都有的。到了今天，沧海桑田，世界有多少次巨大的变化。人们思古的情绪却依然没变。我举一个具体的例子。十几年前，我重访了我曾待过十年的德国哥廷根。我的老师瓦尔德施米特教授夫妇都还健在。但已今非昔比，房子捐给梵学研究所，汽车也已卖掉。他们只有一个独生子，“二战”中阵亡。此时老夫妇二人孤零零地住在一座十分豪华的养老院里。院里设备十分齐全，游泳池、网球场等一应俱全。但是，这些设备对七八十岁、八九十岁的老人有什么用处呢？让老人们触目惊心的是，每隔一段时间就有某一个房号空了出来，主人见上帝去了。这对老人们的刺激之大是不言而喻的。我的来临大出教授的意料，他简直有点喜不自胜的意味。夫人摆出了当年我在哥廷根时常吃的点心。教授仿佛返老还童，回到了当年。他笑着说：“让我们好好地过一过当年过的日子，说一说当年常说的话！”我含着眼泪离开了教授夫妇，嘴里说着连自己都不相信的话：“过几年，我还会来看你们的。”

我的德国老师不会懂“当时只道是寻常”隐含的意蕴，但是古今中外人士所共有的这种怀旧追忆的情绪却是有的。这种情绪通过我上面描述的情况完全流露出来了。

仔细分析起来，“当时”是很不相同的。国王有国王的“当时”，有钱人有有钱人的“当时”，平头老百姓有平头老百姓的“当时”。在李煜眼中，“当时”是车如流水马如龙，花月正春风，游上林苑的“当时”。对此，他没有别的办法，只有哀叹“天上人间”了。

我不想对这个概念再进行过多的分析。本来是明明白白的一点真理，过多的分析反而会使它迷离模糊起来。我现在想对自己提出一个怪问题：你对我们的现在，也就是眼前这个现在，感觉到是寻常呢还是不寻常？这个“现在”，若干年后也会成为“当时”的。到了那时候，我们会不会说“当时只道是寻常”呢？现在无法预言。现在我住在医院中，享受极高的待遇。应该说，没有什么不满足的地方。但是，倘若扪心自问："你认为是寻常呢，还是不寻常？"我真有点说不出，也许只有到了若干年后，我才能说："当时只道是寻常。"

难得糊涂

清代郑板桥提出来的亦书写出来的“难得糊涂”四个大字，在中国，真可以说是家喻户晓、人尽皆知。一直到今天，200 多年过去了，但在人们的文章里，讲话里，以及嘴中常用的口语中，这四个字还经常出现，人们都耳熟能详。

我也是难得糊涂党的成员。

不过，最近几个月，在经过了一场大病之后，我的脑筋有点开了窍。我逐渐发现，糊涂有真假之分，要区别对待，不能眉毛胡子一把抓。

什么叫真糊涂，而什么又叫假糊涂呢？

用不着做理论上的论证，只举几个小事例就足以说明了。例子就从郑板桥举起。

郑板桥生在清代乾隆年间，所谓康乾盛世的下一半。所谓盛世历代都有，实际上是一块其大无垠的遮羞布。在这块布下面，一切都照常进行。只是外寇来得少，人民作乱者寡，大部分人能勉强吃饱了肚子，“不识不知，顺帝之则”了。最高统治者的宫廷斗争，仍然是血腥淋漓，外面小民是不会知道的。历代的统治者都喜欢没有头脑没有思想的人；有这两个条件的只是士这个阶层。所以士一直是历代统治者的眼中钉。可离开他们又不行。于是胡萝卜与大棒并举。少部分争取到皇帝帮闲或帮忙的人，大致已成定局。等而下之，一大批士都只有一条向上爬的路——科举制度，成功与否，完全看自己的运气。翻一翻《儒林外史》，就能洞悉一切。但同时皇帝也多以莫须有的罪名大兴文字狱，杀鸡给猴看。统治者就这样以软硬兼施的手法，统治天下。看来大家都比较满意。但是我认为，这是真糊涂，如影随形，就在自己身上，并不“难得”。

我的结论是：真糊涂不难得，真糊涂是愉快的，是幸福的。

此事古已有之，历代如此。楚辞所谓“举世皆浊我独清，众人皆醉我独醒”，“醉”，就是我说的糊涂。

可世界上还偏有郑板桥这样的人，虽然人数极少极少，但毕竟是有的。他们为天地留了点正气。他已经考中了进士。据清代的一本笔记上说，由于他的书法不是台阁体，没能点上翰林，只能外放当一名知县，“七品官耳”。他在山东潍县做了一任县太爷，又偏有良心，同情小民疾苦，有在潍县衙斋里所作的诗为证。结果是上官逼，同僚挤，他忍受不了，只好丢掉乌纱帽，到扬州当八怪去了。他一生诗书画中都有一种愤懑不平之气，有如司马迁的《史记》。他倒霉就倒在世人皆醉而他独醒，也就是世人皆真糊涂而他独必须装糊涂，假糊涂。

我的结论是：假糊涂才真难得，假糊涂是痛苦，是灾难。

现在说到我自己。

我初进三〇一医院的时候，始终认为自己患的不过是癣疥之疾。隔壁房间里主治大夫正与北大校长商议发出病危通告，我这里却仍然嬉皮笑脸，大说其笑话。在医院里的 46 天，我始终没有危机感。现在想起来，真正后怕。原因就在，我是真糊涂，极不难得，极为愉快。

我虔心默祷上苍，今后再也不要让真糊涂进入我身，我宁愿一生背负假糊涂这个十字架。

容　忍

人处在家庭和社会中，有时候恐怕需要讲点容忍的。

唐朝有一个姓张的大官，家庭和睦，美名远扬，一直传到了皇帝的耳中。皇帝赞美他治家有道，问他道在何处，他一气写了一百个“忍”字。这说得非常清楚：家人之间要互相容忍，家庭才能和睦。这个故事非常有名。在旧社会，新年贴春联，只要门楣上写着“百忍家声”就知道这一家一定姓张。中国姓张的全以祖先的容忍为荣了。

但是容忍也并不容易。1935年，我乘西伯利亚铁路的车经苏联赴德国，车过中苏边界上的满洲里，停车四小时，由苏联海关检查行李。这是无可厚非的，入国必须检查，这是世界公例。检查其他行李，我绝无意见。但是，在哈尔滨买的一把最粗糙的铁皮壶，却成了被检查的首要对象。这里敲敲，那里敲敲，薄薄的一层铁皮绝对藏不下一颗炸弹的，然而他却敲打不止。我真有点无法容忍，想要发火。我身旁有一位年老的老外，是与我们同车的，看到我的神态，在我耳旁悄悄地说了句：Patience is the great virtue（容忍是很大的美德）。我对他微笑，表示致谢。我立即心平气和，天下太平。

看来容忍确是一件好事，甚至是一种美德。但是，我认为，也必须有一个界限。我们到了德国以后，就碰到这个问题。旧时欧洲流行决斗之风，谁侮辱了谁，被侮辱者一定要提出决斗。或用手枪，或用剑。普希金就是在决斗中被枪打死的。我们到了的时候，此风已息；但仍发生。我们几个中国留学生相约：如果外国人侮辱了我们自身，我们要揣度形势，主要要容忍，以东方的恕道克制自己。但是，如果他们侮辱我们的国家，则无论如何也要同他们玩儿命，决不容忍。这就是我们容忍的界限。幸亏这样的事情没有发生，否则我就活不到今天在这里舞笔弄墨了。

现在我们中国人的容忍水平，看了真让人气短。在公共汽车上，挤挤碰碰是常见的现象。如果碰了或者踩了别人，连忙说一声：“对不起！”就能够化干戈为玉帛，然而有不少人连“对不起”都不会说了。于是就相吵相骂，甚至于扭打，甚至打得头破血流。我们这个伟大的民族怎么竟变成了这个样子！我在自己心中暗暗祝愿：容忍兮，归来！

毁　誉

好誉而恶毁，人之常情，无可非议。

古代豁达之人倡导把毁誉置之度外。我则另持异说，我主张把毁誉置之度内。置之度外，可能表示一个人心胸开阔；但是，我有点担心，这有可能表示一个人的糊涂或颟顸。

我主张对毁誉要加以细致的分析。首先要分清：谁毁你？谁誉你？在什么时候？在什么地方？由于什么原因？这些情况弄不清楚，只谈毁誉，至少是有点模糊。

我记得在什么笔记上读到过一个故事。一个人最心爱的人，只有一只眼。于是他就觉得天下人（一只眼者除外）都多长了一只眼。这样毁誉能靠得住吗？

还有我们常常讲什么“党同伐异”，又讲什么“臭味相投”等。这样的毁誉能相信吗？

孔门贤人子路“闻过则喜”，古今传为美谈。我根本做不到，而且也不想做到，因为我要分析：是谁说的？在什么时候，在什么地点，因为什么而说的？分析完了以后，再定“则喜”，或是“则怒”。喜，我不会过头。怒，我也不会火冒三丈，怒发冲冠。孔子说：“野哉，也！”大概子路是一个粗线条的人物，心里没有像我上面说的那些弯弯绕绕。

我自己有一个颇为不寻常的经验。我根本不知道世界上有某一位学者，过去对于他的存在，我一点都不知道；然而，他却同我结了怨。因为，我现在所占有的位置，他认为本来是应该属于他的，是我这个“鸠”把他这个“鹊”的“巢”给占据了。因此，勃然，对我心怀不满。我被蒙在鼓里，很久很久，最后才有人透了点风给我。我知道，天下竟有这种事，只能一笑置之。不这样又能怎样呢？我想向他道歉，挖空心思，也找不出丝毫理由。

大千世界，芸芸众生，由于各人禀赋不同，遗传基因不同，生活环境不同，所以各人的人生观、世界观、价值观、好恶观等，都不会一样，都会有点差别。比如吃饭，有人爱吃辣，有人爱吃咸，有人爱吃酸，如此等等。又比如穿衣，有人爱红，有人爱绿，有人爱黑，如此等等。在这种情况下，最好是各人自行其是，而不必非人之非。俗语说：“各扫自家门前雪，不管他人瓦上霜。”这话本来有点贬义，我们可以正用。每个人都会有友，也会有“非友”，我不用“敌”这个词儿，避免误会。友，难免有誉；非友，难免有毁。碰到这种情况，最好抱上面所说的分析的态度，切不要笼而统之，一锅糊涂粥。

好多年来，我曾有过一个“良好”的愿望：我对每个人都好，也希望每个人对我都好。只望有誉，不能有毁。最近我恍然大悟，那是根本不可能的。如果真有一个人，人人都说他好，这个人很可能是一个极端圆滑的人，圆滑到琉璃球又能长上脚的程度。

我害怕“天才”

人类的智商是不平衡的，这种认识已经属于常识的范畴，无人会否认的。不但人类如此，连动物也不例外。我在乡下观察过猪，我原以为这蠢然一物，智商都一样，无所谓高低的。然而事实上猪的智商颇有悬殊。我喜欢养猫，经我多年的观察，猫的智商也不平衡，而且连脾气都不一样，颇使我感到新奇。

猪和猫中有没有天才，我说不出。专就人类而论，什么叫作“天才”呢？我曾在一本书里或一篇文章里读到过一个故事。某某数学家，在玄秘深奥的数字和数学符号的大海里游泳，如鱼得水，圆融无碍。别人看不到的问题，他能看到；别人解答不了的方程式之类的东西，他能解答。于是，众人称之为“天才”。但是，一遇到现实生活中的问题，他的智商还比不了一个小学生。比如猪肉三角三分一斤，五斤猪肉共值多少钱呢？他瞠目结舌，无言以对。

因此，我得出一个结论：“天才”即偏才。

在中国文学史或艺术史上，常常有几“绝”的说法。最多的是“三绝”，指的是诗、书、画三绝。所谓“绝”，就是超越常人，用一个现成的词儿，就是“天才”。可是，如果仔细分析起来，这个人在几绝中只有一项，或者是两项是真正的“绝”，为常人所不能及，其他几绝都是为了凑数凑上去的。因此，所谓“三绝”或几绝的“天才”，其实也是偏才。

可惜古今中外参透这一点的人极少极少，更多的是自命“天才”的人。这样的人老中青都有。他们仿佛是从菩提树下金刚台上走下来的如来佛，开口便昭告天下：“天上天下，唯我独尊。”这种人最多是在某一方面稍有成就，便自命不凡起来，看不起所有的人，一副“天才气”，催人欲呕。这种人在任何团体中都不能团结同人，有的竟成为害群之马。从前在某个大学中有一位年轻的历史教授，自命“天才”，瞧不起别人，说这个人是“狗蛋”，那个人是“狗蛋”。结果是投桃报李，群众联合起来，把“狗蛋”的尊号恭呈给这个人，他自己成了“狗蛋”。

这样的人在当今社会上并不少见，他们成为社会上不安定的因素。

蒙田在一篇名叫《论自命不凡》的随笔中写道：

对荣誉的另一种追求，是我们对自己的长处评价过高。这是我们对自己怀有的本能的爱，这种爱使我们把自己看得和我们的实际情况完全不同。

我决不反对一个人对自己本能的爱，应该把这种爱引向正确的方向。如果把它引向自命不凡，引向自命“天才”，引向傲慢，则会损己而不利人。

我害怕的就是这样的“天才”。

我的座右铭

多少年以来，我的座右铭一直是：

纵浪大化中，
不喜亦不惧。
应尽便须尽，
无复独多虑。

老老实实的、朴朴素素的四句陶诗，几乎用不着任何解释。

我是怎样实行这个座右铭的呢？无非是顺其自然，随遇而安而已，没有什么奇招。

“应尽便须尽，无复独多虑。”（到了应该死的时候，你就去死，用不着左思右想），这句话应该是关键性的。但是在我几十年的风华正茂的时期内，“尽”什么的是很难想到的。在这期间，我当然既走过阳关大道，也走过独木小桥。即使在走独木桥时，好像路上铺的也全是玫瑰花，没有荆棘。这与“尽”的距离太远太远了。

到了现在，自己已经90多岁了。离人生的尽头，不会太远了。我在这时候，根据座右铭的精神，处之泰然，随遇而安。我认为，这是唯一正确的态度。

我不是医生，我想贸然提出一个想法。所谓老年忧郁症恐怕十有八九同我上面提出的看法有关，怎样治疗这种病症呢？我本来想用“无可奉告”来答复。但是，这未免太简慢，于是改写一首打油，题曰“无题”：

人生在世一百年，

天天有些小麻烦。

最好办法是不理，

只等秋风过耳边。

第二章

》

生活因简单而幸福

我们必须黾勉从事，
过好这个日子，自不待言。

论恐惧

法国大散文家和思想家蒙田写过一篇散文《论恐惧》。他一开始就说："我并不像有人认为的那样是研究人类本性的学者，对于人为什么恐惧所知甚微。"我当然更不是一个研究人类本性的学者，虽然在高中时候读过心理学这样一门课，但其中是否讲到过恐惧，早已忘到爪哇国去了。

可我为什么现在又写《论恐惧》这样一篇文章呢?

理由并不太多，也谈不上堂皇。只不过是因为我常常思考这个问题，而今又受到了蒙田的启发而已。好像是蒙田给我出了这样一个题目。

根据我读书思考的结果，也根据我自己的经验，恐惧这一种心理活动和行动是异常复杂的，绝不是三言两语所能说得清楚的。人们可以从很多角度来探讨恐惧问题。我现在谈一下我自己从一个特定角度来研究恐惧现象的想法，当然也只能极其概括，极其笼统地谈。

我认为，应当恐惧而恐惧者是正常的，应当恐惧而不恐惧者是英雄，我们平常所说的从容镇定，处变不惊，就是指的这个。不应当恐惧而恐惧者是孱头。不应当恐惧而不恐惧者也是正常的。

两个正常的现象用不着讲，我现在专讲三两个不正常的现象。要举事例，那就不胜枚举。我索性专门从《晋书》里面举出两个事例，两个都与苻坚有关。《谢安传》中有一段话："玄等既破坚，有驿书至，安方对客围棋，看书既，竟便摄放床上，了无喜色，棋如故。客问之，徐答曰：'小儿辈遂已破贼。'"苻坚大兵压境，作为大臣的谢安理当恐惧不安，然而竟这样从容镇定，至今传颂不已。所以，我称之为英雄。

《晋书·苻坚传》有下面这几段话："谢石等以既败梁成，水陆继进。坚与苻融登城而望王师，见部阵齐整，将士精锐，又北望山上草木皆类人形，顾谓融曰：'此亦劲敌也，何谓少乎！'怃然有惧色。"下面又说："坚大惭，顾谓其夫人张氏曰：'朕若用朝臣之言，岂见今日之事耶！当何面目复临天下乎！'潸然流涕而去，闻风声鹤唳，皆谓晋师之至。"这活生生地画出了一个孱头。敌兵压境，应当振作起来，鼓励士兵，同仇敌忾，可是苻坚自己却先泄了气。这样的人不称为孱头，又称之为什么呢？结果留下了两句著名的成语：风声鹤唳，草木皆兵，至今还活在人们的口中，也可以说是流什么千古了。

如果想从《论恐惧》这一篇短文里吸取什么教训的话，那就是明明白白地摆在眼前的。我们都要锻炼自己，对什么事情都不要惊慌失措，而要处变不惊。

论压力

《参考消息》某一年7月3日以半版的篇幅介绍了外国学者关于压力的说法。我也正考虑这个问题，因缘和合，不免唠叨上几句。

什么叫“压力”？上述文章中说：“压力是精神与身体对内在与外在事件的生理与心理反应。”下面还列了几种特性，今略。我一向认为，定义这玩意儿，除在自然科学上可能确切外，在人文社会科学上则是办不到的。上述定义我看也就行了。

是不是每一个人都有压力呢？我认为，是的。我们常说，人生就是一场拼搏，没有压力，哪来的拼搏？佛家说，生、老、病、死、苦，苦也就是压力。过去的国王、皇帝，近代外国的独裁者，无法无天，为所欲为，看上去似乎一点压力都没有。然而他们却战战兢兢，时时如临大敌，担心边患，担心宫廷政变，担心被毒害被刺杀。他们是世界上最孤独的人，压力比任何人都大。大资本家钱太多了，担心股市升降，房地产价格波动，等等。至于吾辈平民老百姓，“家家有一本难念的经”，这些都是压力，谁能躲得开呢？

压力是好事还是坏事？我认为是好事。从大处来看，现在全球环境污染，生态平衡破坏，臭氧层出洞，人口爆炸，新疾病丛生，等等，人们感觉到了，这当然就是压力，然而压出来的却是增强忧患意识，增强防范措施，这难道不是天大的好事吗？对一般人来说，法律和其他一切合理的规章制度，都是压力。然而这些压力何等好啊！没有它，社会将会陷入混乱，人类将无法生存。这个道理极其简单明了，一说就懂。我举自己做一个例子。我不是一个没有名利思想的人——我怀疑真有这种人，过去由于一些我曾经说过的原因，表面上看起来，我似乎是淡泊名利，其实那多半是假象。但是，到了今天，我已至望九之年，名利对我已经没有什么用，用不着再争名于朝，争利于市，这方面的压力没有了。但是却来了另一方面的压力，主要来自电台采访和报刊以及友人约写文章。这对我形成颇大的压力。以写文章而论，有的我实在不愿意写；可是碍于面子，不得不应。应就是压力。于是“拨冗”苦思，往往能写出有点新意的文章。对我来说，这就是压力的好处。

压力如何排除呢？粗略来分类，压力来源可能有两类：一被动，一主动。天灾人祸，意外事件，属于被动，这种压力，无法预测，只有泰然处之，切不可杞人忧天。主动的压力源于自身，自己能有所作为。我的“三不主义”的第三条是“不嘀咕”，我认为：能做到遇事不嘀咕，就能排除自己制造的压力。

我们面对的现实

我们面对的现实，多种多样，很难一一列举。现在我只谈两个：第一，生活的现实；第二，学术研究的现实。

一、生活的现实

生活，人人都有生活，它几乎是一个广阔无垠的概念。在家中，天天开门七件事：柴、米、油、盐、酱、醋、茶，人人都必须有的。这且不表。要处理好家庭成员的关系，不在话下。在社会上，就有了很大的区别。当官的，要为人民服务，当然也盼指日高升。大款们另有一番风光，炒股票、玩期货，一夜之间成了暴发户，腰缠十万贯，“春风得意马蹄疾，一日看遍长安花”。当然，一旦破了产，跳楼自杀，有时也在所难免。我辈书生，青灯黄卷，兀兀穷年，有时还得爬点格子，以济工资之穷。至于引车卖浆者流，只有拼命干活，才得糊口。

这都是我们必须面对的生活。我们必须黾勉从事，过好这个日子（生活），自不待言。

但是，如果我们把眼光放远一点，把思虑再深化一点，想一想全人类的生活，你感觉到危险性了没有？也许有人感到，我们这个小小寰球并不安全。有时会有地震，有时会有天灾，刀兵水火，疾病灾殃，说不定什么时候就会驾临你的头上，躲不胜躲，防不胜防。对策只有一个：顺其自然，尽上人事。

如果再把眼光放得更远，让思虑钻得更深，则眼前到处是看不见的陷阱。我自己也曾幼稚过一阵。我读东坡《前赤壁赋》：“唯江上之清风，与山间之明月，耳得之而为声，目遇之而成色。取之不尽，用之不竭。是造物者之无尽藏也，而我与子之所共适。”我深信苏子讲的句句是真理。然而，到了今天，江上之风还清吗？山间之月还明吗？谁都知道，由于大气的污染，风早已不清，月早已不明了。与此有联系的还有生态平衡的破坏，动植物品种的灭绝，新疾病的不断出现，人口的爆炸，臭氧层出了洞，自然资源——其中包括水——的枯竭，如此等等，不一而足。我们人类实际上已经到了“盲人骑瞎马，夜半临深池”的地步。令人吃惊的是，虽然有人已经注意到了这个现象，但并没有提高到与人类生存前途挂钩的水平，仍然只是头痛治头，脚痛治脚。还有人幻想用西方的“科学”来解救这一场危机。我认为，这是不太可能的，这一场灾难主要就是西方“征服自然”的“科学”造成的。西方科学优秀之处，必须继承；但是必须从根本上，从思想上，解决问题，以东方的“民胞物与”的“天人合一”的思想济西方“科学”之穷。人类前途，庶几有望。

二、学术研究的现实

对我辈知识分子来说，除了生活的现实之外，还有一个学术研究的现实。我在这里重点讲人文社会科学，因为我自己是搞这一行的。

文史之学，中国和欧洲都已有很长的历史。因两处具体历史情况不同，所以发展过程不尽相同。但是总的研究对象和研究方法多有相通之处，对象大都是古典文献。就中国而论，由于字体屡变，先秦典籍的传抄工作不能不受到影响。但是，读书必先识字，此《说文解字》之所以必做也。新材料的出现，多属偶然。地下材料，最初是“地不爱宝”，它自己把材料贡献出来的，有目的有意识的发掘工作是后来兴起的。盗墓者当然是例外。至于社会调查，古代不能说没有，采风就是调查形式之一。有计划有组织有目的的社会调查工作，也是晚起的，恐怕还是多少受了点西方的影响。

古代文史工作者用力最勤的是记诵之学。在科举时代，一个举子必须能背四书、五经，这是起码的条件。否则连秀才也当不上，遑论进士！扩而大之，要背诵十三经，有时还要连上注疏。至于传说有人能倒背十三经，对于我至今还是个谜，一本书能倒背吗？背了有什么用处呢？

社会不断前进，先出了一些类似后来索引的东西，系统的科学的索引，出现最晚，恐怕也是受西方的影响，有人称之为“引得”（index），显然是舶来品。

但是，不管有没有索引，索引详细不详细，我们研究一个题目，总要先积累资料，而积累资料，靠记诵也好，靠索引也好，都是十分麻烦、十分困难的。有时候穷年累月，滴水穿石，才能勉强凑足够写一篇论文的资料，有一些资料可能还是可遇而不可求的。写文章之难真是难于上青天。

然而，石破天惊，电脑出现了，许多古代典籍逐渐输入电脑了，不用一举手一投足之劳，只需发一命令，则所需的资料立即呈现在你的眼前，一无遗漏。岂不痛快也哉！

这就是眼前我们面对的学术现实。最重要最困难的收集资料工作解决了，岂不是人人皆可以为大学者了吗？难道我们还不能把枕头垫得高高地“高枕无忧”了吗？

我说：“且慢！且慢！我们的任务还并不轻松！”我们面临这一场大的转折，先要调整心态。对电脑赐给我们的资料，要加倍细致地予以分析使用。还有没有输入电脑的书，仍然需要我们去翻检。

一寸光阴不可轻

中华乃文章大国，北大为人文渊薮，两者实有密不可分的联系，倘机缘巧遇，则北大必能成为产生文学家的摇篮。“五四运动”时期是一个具体的例证，最近几十年来又是一个鲜明的例证。在这两个时期的中国文坛上，北大人灿若列星。这一个事实我想人们都会承认的。

最近若干年来，我实在忙得厉害，像20世纪50年代那样在教书和搞行政工作之余，还能有余裕的时间读点当时的文学作品的“黄金时代”一去不复返了。不过，幸而我还不能算是一个懒汉，在“内忧”“外患”的罅隙里，我总要挤出点时间来，读一点北大青年学生的作品。《校刊》上发表的文学作品，我几乎都看。前不久我读到《北大往事》，这是北大70年代、80年代、90年代三个年代的青年回忆和写北大的文章。其中有些篇思想新鲜活泼，文笔清新俊逸，真使我耳目为之一新。中国古人说：“雏凤清于老凤声。”我——如果大家允许我也在其中滥竽一席的话——和我们这些“老凤”，真不能不向你们这一批“雏凤”投过去羡慕和敬佩的眼光了。

但是，中国古人又说：“满招损，谦受益。”我希望你们能够认真体会这两句话的含义。“倚老卖老”，固不足取，“倚少卖少”也同样是值得青年人警惕的。天下万事万物，发展永无穷期。人外有人，天外有天，“老子天下第一”的想法是绝对错误的。你们对我们老祖宗遗留下来的浩如烟海的文学作品必须有深刻的了解。最好能背诵几百首旧诗词和几十篇古文，让它们随时含蕴于你们心中，低吟于你们口头。这对于你们的文学创作和人文素质的提高，都会有极大的好处。

不管你们现在或将来是教书、研究、经商、从政，或者是成为专业作家，都是如此，概莫能外。对外国的优秀文学作品，下一番功夫，简练揣摩。这对你们的文学修养是绝不可少的。如果能做到这一步，则你们必然能融会中西，贯通古今，创造出更新更美的作品。

宋代大儒朱子有一首诗，我觉得很有针对性，很有意义，我现在抄给大家：

少年易老学难成，
一寸光阴不可轻。
未觉池塘春草梦，
阶前梧叶已秋声。

这一首诗，不但对青年有教育意义，对我们老年人也同样有教育意义。文字明白如画，用不着过多的解释。光阴，对青年和老年，都是转瞬即逝，必须爱惜。“一寸光阴一寸金，寸金难买寸光阴”，这是我们古人留给我们的两句意义深刻的话。

你们现在是处在“燕园幽梦”中，你们面前是一条阳关大道，是一条铺满了鲜花的阳关大道。你们要在这条大道上走上 60 年，70 年，80 年，或者更多年，为人民，为人类做出出类拔萃的贡献。但愿你们永不忘记这一场燕园梦，永远记住自己是一个北大人，一个值得骄傲的北大人，这个名称会带给你们美丽的回忆，带给你们无量的勇气，带给你们奇妙的智慧，带给你们悠远的憧憬。有了这些东西，你们就会自强不息，无往不利，不会虚度此生。这是我的希望，也是我的信念。

成　功

什么叫成功？顺手拿来一本《现代汉语词典》，上面写道：“成功：获得预期的结果。”言简意赅，明白之至。

但是，谈到“预期”，则错综复杂，纷纭混乱。人人每时每刻每日每月都有大小不同的预期，有的成功，有的失败，总之是无法界定，也无法分类，我们不去谈它。

我在这里只谈成功，特别是成功之道。这又是一个极大的题目，我却只是小做。积七八十年之经验，我得到了下面这个公式：

天资 + 勤奋 + 机遇 = 成功

“天资”，我本来想用“天才”；但天才是个稀见现象，其中不少是“偏才”，所以我弃而不用，改用“天资”，大家一看就明白。这个公式实在是过分简单化了，但其中的含义是清楚的。搞得太烦琐，反而不容易说清楚。

谈到天资，首先必须承认，人与人之间天资是不相同的，这是一个事实，谁也否定不掉。“十年浩劫”中，自命天才的人居然号召大批天才。葫芦里卖的是什么药，至今不解。到了今天，学术界和文艺界自命天才的人颇不稀见，我除了羡慕这些人“自我感觉过分良好”外，不敢赞一词。对于自己的天资，我看，还是客观一点好，实事求是一点好。

至于勤奋，一向为古人所赞扬。囊萤、映雪、悬梁、刺股等故事流传了千百年，家喻户晓。韩文公的“焚膏油以继晷，恒兀兀以穷年”，更为读书人所向往。如果不勤奋，则天资再高也毫无用处。事理至明，无待饶舌。

谈到机遇，往往为人所忽视。它其实是存在的，而且有时候影响极大。就以我自己为例，如果清华不派我到德国去留学，则我的一生完全不会像现在这个样子。

把成功的三个条件拿来分析一下，天资是由“天”来决定的，我们无能为力。机遇是不期而来的，我们也无能为力。只有勤奋一项完全是我们自己决定的，我们必须在这一项上狠下功夫。在这里，古人的教导也多得很。还是先举韩文公。他说：“业精于勤荒于嬉，行成于思毁于随。”这两句话是大家都熟悉的。

王静安在《人间词话》中说：“古今之成大事业大学问者必经过三种之境界。‘昨夜西风凋碧树，独上高楼，望尽天涯路’。此第一境也。‘衣带渐宽终不悔，为伊消得人憔悴’。此第二境也。‘众里寻他千百度，蓦然回首，那人却在，灯火阑珊处’。此第三境也。”静安先生第一境写的是预期，第二境写的是勤奋，第三境写的是成功。其中没有写天资和机遇。我不敢说，这是他的疏漏，因为写的角度不同。但是，我认为，补上天资与机遇，似更为全面。我希望，大家都能拿出“衣带渐宽终不悔”的精神来做学问或干事业，这是成功的必由之路。

勤奋、天才（才能）与机遇

人类的才能，每个人都有所不同，这是大家都看到的事实，不能不承认的。但是有一种特殊的才能一般人称之为“天才”。有没有“天才”呢？似乎还有点争论，有点看法的不同。“文化大革命”期间，有一度曾大批“天才”，但其时所批“天才”，似乎与我现在讨论的“天才”不是一回事。根据我六七十年来的观察和思考，有“天才”是否定不了的，特别在音乐和绘画方面。你能说贝多芬、莫扎特不是音乐天才吗？即使不谈“天才”，只谈才能，人与人之间也是相差悬殊的。就拿教梵文来说，在同一个班上，一年教下来，学习好的学生能够教学习差的而有余。有的学生就是一辈子也跳不过梵文这个龙门。这情形我在国内外都见到过。

拿做学问来说，天才与勤奋的关系究竟如何呢？有人说：“九十九分勤奋，一分神来（属于天才的范畴）。”我认为，这个百分比应该纠正一下。七八十分的勤奋，二三十分的天才（才能），我觉得更符合实际一点。我丝毫也没有贬低勤奋的意思。无论干哪一行的，没有勤奋，一事无成。我只是感到，如果没有才能而只靠勤奋，一个人发展的极限是有限度的。

现在，我来谈一谈天才、勤奋与机遇的关系问题。我记得 60 多年前在清华大学读西洋文学时，读过一首英国诗人 Thomas Gray 的诗，题目大概是叫《乡村墓地哀歌》（*Elegy*），诗的内容，时隔半个多世纪，全都忘了，只有一句还记得：“在墓地埋着的可能有莎士比亚。”意思是指，有莎士比亚天才的人，老死穷乡僻壤间。换句话说，他没有得到“机遇”，天才白白浪费了。上面讲的可能有张冠李戴的可能；如果有的话，请大家原谅。

总之，我认为，“机遇”（在一般人嘴里可能叫作“命运”）是无法否认的。一个人一辈子做事，读书，不管是干什么，其中都有“机遇”的成分。我自己就是一个活生生的例子。如果“机遇”不垂青，我至今还恐怕是一个识字不多的贫农，也许早已离开了世界。我不是“王半仙”或“张铁嘴”，我不会算卦、相面，我不想来解释这一个“机遇”问题，那是超出我的能力的事。

漫谈消费

蒙组稿者垂青，要我来谈一谈个人消费。这实在不是最佳选择。因为我的个人消费绝无任何典型意义。如果每个人都像我这样，商店几乎都要关门大吉。商店越是高级，我越敬而远之。店里那一大堆五光十色、争奇斗艳的商品，有的人见了简直会垂涎三尺，我却是看到就头痛，而且窃做腹诽：在这些无限华丽的包装内包的究竟是什么货色，只有天晓得，我觉得人们似乎越来越蠢，我们所能享受的东西，不过只占广告费和包装费的一丁点儿，我们是让广告和包装牵着鼻子走的，愧为“万物之灵”。

谈到消费，必须先谈收入。组稿者让我讲个人的情况，而且越具体越好。我就先讲我个人的具体收入情况。我在20世纪50年代被评为一级教授，到现在已经40多年了，我们这些人尚留在世间者已为数不多，可以被视为珍稀动物，通称为“老一级”。

在北京工资区——大概是六区——每月345元。再加上中国科学院哲学社会科学部委员，每月津贴100元。这个数目今天看起来实为微不足道。然而在当时却是一个颇大的数目，十分“不菲”。我举两个具体的例子：吃一次“老莫”（莫斯科餐厅），大约一元五角到两元，汤菜俱全，外加黄油面包，还有啤酒一杯。如果吃烤鸭，不过六七块钱一只。其余依此类推。只需同现在的价格一比，其悬殊立即可见。从工资收入方面来看，这是我一生最辉煌的时期之一。这是以后才知道的，“当时只道是寻常”。到了今天，“老一级”的光荣桂冠仍然戴在头上，沉甸甸的，又轻飘飘的，心里说不出是什么滋味。实际情况却是“昔人已乘黄鹤去，此地空余老桂冠”。我很感谢，不知道是哪一位朋友发明了“工薪阶层”这一个词儿。这真不愧是天才的发明。幸乎？不幸乎？我也归入了这一个“工薪阶层”的行列。听有人说，在某一个城市的某大公司里设有“工薪阶层”专柜，专门对付我们这一号人的。如果真正有的话，这也不愧是一个天才的发明，俗话说：“识时务者为俊杰。”他们都是不折不扣的“俊杰”。

我这个“老一级”每月究竟能拿多少钱呢？要了解这一点，必须先讲一讲今天的分配制度。现在的分配制度，同20世纪50年代相比，有了极大的不同，当年在大学里工作的人主要靠工资生活，不懂什么“第二职业”，也不允许有“第二职业”。谁要这样想，这样做，那就是典型的资产阶级思想，是同无产阶级思想对着干的，是最犯忌讳的。今天却大改其道。学校里颇有一些人有种种形式的“第二职业”，甚至“第三职业”。原因十分简单：如果只靠自己的工资，那就生活不下去。以我这个“老一级”为例，账面上的工资我是北大教员中最高的。我每月领到的工资，七扣八扣，拿到手的平均约700至800元。保姆占掉一半，天然气费、电话费等，约占掉剩下的四分之一。我实际留在手的只有300元左右，我要用这些钱来付全体在我家吃饭的四个人的饭钱，这些钱连供一个人吃饭都有点捉襟见肘，何况四个人！“老莫”、烤鸭之类，当然可望而不可即。

可是我的生活水平，如果不是提高的话，也绝没有降低。难道我点金有术吗？非也。我也有第 × 职业，这就是爬格子。格子我已经爬了 60 多年，渐渐地爬出一些名堂来。时不时地就收到稿费，很多时候，我并不知道是哪一篇文章换来的。外文楼收发室的张师傅说：“季羡林有三多，报纸杂志多，有十几种，都是赠送的；来信多，每天总有五六封，来信者男女老幼都有，大都是不认识的人；汇单多。”我绝非守财奴，但是一见汇款单，则心花怒放。爬格子的劲头更加昂扬起来。我没有做过统计，不知道每月究竟能收到多少钱。反正，对每月手中仅留 300 元钱的我来说，从来没有感到拮据，反而能大把大把地送给别人或者家乡的学校。我个人的生活水平，确有提高。我对吃，从来没有什么要求。早晨一般是面包或者干馒头，一杯清茶，一碟炒花生米，从来不让人陪我凌晨四点起床，给我做早饭。午晚两餐，素菜为多。我对肉类没有好感。这并不是出于什么宗教信仰，我不是佛教徒，其他教徒也不是。我并不宣扬素食主义。我的舌头也没有生什么病，好吃的东西我是能品尝的。不过我认为，如果一个人成天想吃想喝，仿佛人生的意义与价值就在于吃喝二字。我真觉得无聊，“斯下矣”，食足以果腹，不就够了吗？因此，据小保姆说，我们平均四个人的伙食费不过500多元而已。

至于衣着，更不在我考虑之列。在这方面，我是一个“利己主义者”。衣足以蔽体而已，何必追求豪华。一个人穿衣服，是给别人看的。如果一个人穿上十分豪华的衣服，打扮得珠光宝气，天天坐在穿衣镜前，自我欣赏，他（她）不是一个疯子，就是一个傻子。如果只是给别人去看，则观看者的审美能力和审美标准，千差万别，你满足了这一帮人，必然开罪于另一帮人，绝不能使人人都高兴，皆大欢喜。反不如我行我素，我就是这一身打扮，你爱看不看，反正我不能让你指挥我，我是个完全自由自主的人。

因此，我的衣服，多半是穿过十年八年或者更长时间的，多半属于博物馆中的货色。俗话说：“人靠衣裳马靠鞍。”以衣取人，自古已然，于今犹然。我到大店里去买东西，难免遭受花枝招展的年轻女售货员的白眼。如果有保卫干部在场，他恐怕会对我多加小心，我会成为他的重点监视对象。好在我基本上不进豪华大商店，这种尴尬局面无从感受。

讲到穿衣服，听说要“赶潮”，就是要赶上时代潮流，每季每年都有流行样式或款式，我对这些都是完全的外行。我有我的老主意：以不变应万变。一身蓝色的卡其布中山装，春、夏、秋、冬，永不变化。所以我的开支项下，根本没有衣服这一项。你别说，我们那一套“三十年河东，三十年河西”的“哲学”，有时对衣着样式也起作用。我曾在1946年在上海买过一件雨衣，至今仍然穿。有的专家说：“你这件雨衣的款式真时髦！”我听了以后，大惑不解。经专家指点，原来50多年前流行的款式经过了漫长的沧桑岁月，经过了不知道多少变化，现在又在螺旋式上升的规律的指导下，回到了50年前款式。我恭听之余，大为兴奋。我守株待兔，终于守到了。人类在衣着方面的一点小聪明，原来竟如此脆弱！

我在本文一开头就说，在消费方面我绝不是一个典型的代表。看了我自己的叙述，一定会同意我这个说法的。但是，人类社会极其复杂，芸芸众生，有一箪食一瓢饮者；也有食前方丈，一掷千金者。绫罗绸缎、皮尔·卡丹，燕窝鱼翅、生猛海鲜，这样的人当然也会有的。如果全社会都是我这一号的人，则所有的大百货公司都会关张的，那岂不太可怕了吗？所以，我并不提倡大家以我为师，我不敢这样狂妄。不过，话又说了回来，我仍然认为：吃饭穿衣是为了活着，但是活着绝不是为了吃饭穿衣。

漫谈伦理道德

现在，“以德治国”的口号已经响彻祖国大地。大家都认为，这个口号提得正确，提得及时，提得响亮，提得明白。但是，什么叫“德”呢？根据我的观察，笼统言之，大家都理解得差不多。如果仔细一追究，则恐怕是言人人殊了。

我不揣简陋，想对“德”字进一新解。

但是，我既不是伦理学家，对哲学家们那些冗见别扭的分析阐释又不感兴趣。我只能用自己惯常用的野狐谈禅的方法来谈这个问题。既称野狐，必有其不足之处；但同时也必有其优越之处，他没有教条，不见框框，宛如天马行空，驰骋自如，兴之所至，灵气自生，谈言微中，搔着痒处，恐亦难免。坊间伦理学书籍为数必多，我一不购买，二不借阅，唯恐读了以后，“污染”了自己观点。

近若干年以来，我一直在考虑一个问题。人生一世，必须处理好三个关系：第一，人与大自然的关系，也就是天人关系；第二，人与人的关系，也就是社会关系；第三，个人身、口、意中正确与错误的关系，也就是修身问题。这三个关系紧密联系，互为因果，缺一不可。这些说法也许有人认为太空洞，太玄妙。我看有必要分别加以具体的说明。

首先谈人与大自然的关系。在人类成为人类之前，他们是大自然的一个不可或缺的组成部分。等到成为人类之后，就同自然闹起独立性来，把自己放在自然的对立面上。尤有甚者，特别是在西方，自从产业革命以后，通过所谓发明创造，从大自然中得到了一些甜头，于是诛求无餍，最终提出了“征服自然”的口号。他们忘记了一个基本事实，人类的衣、食、住、行的所有的资料都必须取自大自然。大自然不会说话，

“天何言哉！”但是却能报复。恩格斯说过：“我们不能过分陶醉于我们对自然界的胜利，对于每一次这样的胜利，自然界都报复了我们。”在100多年以前，大自然的报复还不十分明显，恩格斯竟能说出这样准确无误又含意深远的话，真不愧是马克思主义伟大的奠基人之一！到了今天，大自然的报复已经十分明显，十分触目惊心，举凡臭氧出洞、温室效应、全球变暖、淡水短缺、生态失衡、物种灭绝、人口爆炸、资源匮乏、新疾病产生、旧环境污染，如此等等，不胜枚举。其中哪一项如果得不到控制都能影响人类的生存前途。到了这样危急关头，世界上一些有识之士才幡然醒悟，开了一些会，采取了一些措施。世界上一些国家的领导人也知道要注意环保问题了。这都是好事；但是，根据我个人的看法，还都是不够的。我们必须努力发出狮子吼，对全世界振聋发聩。

其次，我想谈一谈人与人的关系。自从人成为人以后，就逐渐形成了一些群体，也就是我们现在称之为社会的组织。这些群体形形色色，组织形式不同，组织原则也不同。但其为群体则一也。人与人之间，有时候利益一致，有时候也难免产生矛盾。举一个极其简单的例子，比如讲民主，讲自由，都不能说是坏东西；但又都必须加以限制。就拿大城市交通来说吧，绝对的自由是行不通的，必须有红绿灯，这就是限制。如果没有这个限制，大城市一天也存在不下去。这里撞车，那里撞人，弄得人人自危，不敢出门，社会活动会完全停止，这还能算是一个社会吗？这只是一个小例子，类似的大小例子还能举出一大堆来。因此，我们必须强调要处理好社会关系。

最后，我要谈一谈个人修身问题。一个人，对大自然来讲，是它的对立面；对社会来讲，是它的最基本的组成部分，是它的细胞。因此，在宇宙间，在社会上，一个人所处的地位是十分关键的。一个人在思想、语言和行动方面的正确或错误是有重要意义的。一个人进行修身的重要性也就昭然可见了。

写到这里，也许有人要问：你不是谈伦理道德问题吗，怎么跑野马跑到正确处理三个关系上去了？我敬谨答曰：我谈正确处理三个关系，正是谈伦理道德问题。因为，三个关系处理好，人类才能顺利发展，社会才能阔步前进，个人生活才能快乐幸福，这是最高的道德，其余那些无数的烦琐的道德教条都是从属于这个最高道德标准的，这个道理，即使是粗粗一想，也是不难明白的。如果这三个关系处理不好，就要根据“不好”的程度而定为道德上有缺乏，不道德或“缺德”。严重的“不好”，就是犯罪。这个道理也是容易理解的。

全世界都承认，中国是伦理道德的理论和实践最发达的国家。中国伦理道德的基础是先秦时期的儒家打下的，在其后发展的过程中，又掺杂进来了一些道家思想和佛家思想，终于形成了现在这样一个伦理体系，仍在支配着我们的社会行动。这个体系貌似清楚，实则是一个颇为模糊的体系。三教信条你中有我，我中有你，绝不是泾渭分明的。但仍以儒家为主，则是可以肯定的。

儒家的伦理体系在先秦初打基础时可以孔子和孟子为代表。孔子的学说的中心，也可以说是伦理思想的中心是一个“仁”字。这个说法已为学术界比较普遍地所接受。孟子学说的中心，也可以说伦理思想的中心是“仁”“义”二字。对此学术界没有异词。先秦其他儒家的学说，我们不一一论列了。至于先秦以后几千年儒家学者伦理道德的思想，我在这里也不一一论列了。一言以蔽之，他们基本上沿用孔孟的学说，间或有所增益或有新的解释，这是事物发展的必然规律，不足为怪。不这样，反而会是不可思议的。

多少年来，我个人就有个想法。我觉得，儒家伦理道德学说的重点不在理论而在实践。先秦儒家已经安排好了的：格物、致知、诚意、正心、修身、齐家、治国、平天下，是大家所熟悉的。这样的安排极有层次，煞费苦心，然而一点理论的色彩都没有。也许有人会说，人家在这里本来就不想讲理论而只想讲实践的。我们即使承认这一句话是对的，但是，什么是“仁”，什么是“仁”“义”？这在理论上总应该有点交代吧，然而，提到“仁”“义”的地方虽多，也只能说是模糊语言，读者或听者并不能得到一点清晰的概念。

秦代以后，到了唐代，以儒家道统传承人自命的大儒韩愈，对伦理道德的理论问题也并没有说清楚。他那一篇著名的文章《原道》一开头就说：“博爱之谓仁，行而宜之之谓义，由是而之焉之谓道，足乎己勿待于补之谓德。”句子读起来铿锵有力，然而他想什么呢？他只有对“仁”字下了一个“博爱”的定义，而这个定义也是极不深刻的。此外几乎全是空话。“行而宜之”的“宜”意思是“适宜”，什么是“适宜”

呢？这等于没有说。“由是而之焉”的“之”字意思是“走”。“道”是人走的道路，这又等于白说。至于“德”字，解释又是根据汉儒那一套“德者得也”。读了仍然是让人莫名其妙。至于其他朝代的其他儒家学者对仁义道德的解释更是五花八门，莫衷一是。我不是伦理学者，现在也不是在写中国伦理学史，恕我不再一一列举了。

我在上面极其概括地讲了从先秦一直到韩愈儒家关于仁义道德的看法。现在，我忽然想到，我必须做一点必要的补充。我既然认为，处理好天人关系在道德范畴内居首要地位，我必须探讨一下，中国古代对于这个问题是怎样看的，换句话说，我必须探讨一下先秦时代一些有代表性的哲学家对天、地、自然等概念是怎样界定的。

首先谈“天”。一些中国哲学史认为，在春秋末期哲学家们争论的主要问题之一是，“天”是否是有人格有意志的神？这些哲学家大体上可以分为两个阵营：一个阵营主张不是，他们认为天是物质性的东西，就是我们头顶的天。这可以老子为代表。汉代《说文解字》的“天，颠也，至高无上”，可以归入此类。一个阵营的主张是，他们认为天就是上帝，能决定人类的命运，决定个人的命运。这可以孔子为代表。有一些中国哲学史袭用从苏联贩卖过来的办法，先给每一个哲学家贴上一张标签，不是唯心主义，就是唯物主义，把极端复杂的思想问题简单化了。这种做法为我所不取。

老子《道德经》中在几个地方都提到天、地、自然，等等。他说："人法地，地法天，天法道，道法自然。"（二十五章）在这一段话里老子哲学的几个重要概念都出现了。他首先提出"道"这个概念，在他以后的中国哲学史上起着重要的作用。这里的"天"显然不是有意志的上帝，而是与"地"相对的物质性的东西。这里的"自然"是最高原则。老子主张"无为"，"自然"不就是"无为"吗？他又说："天地不仁，以万物为刍狗。"（五章）明确说天地是没有意志的。他又说："道之尊，德之贵，夫莫之命而常自然。"（五十一章）道德不发号施令，而是让万物自由自在地成长。总而言之，老子认为天不是神，而是物质的东西。

几乎可以说与老子形成对立面的是孔子。在《论语》中有许多讲到"天"的地方。孔子虽然说"子不语怪力乱神"；但是，在他的心目中是有神的，只不过是"敬鬼神而远之"

而已。“天”在孔子看来也是有人格有意志的神。孔子关于“天”的话我引几条：“天何言哉！四时行焉，百物生焉，天何言哉！”“天之将丧斯文也，后死者不得与于斯文也；天之未丧斯文也，匡人其如予何！”“天生德于予，桓魋其如予何！”，等等。孔子还提倡“天命”，也就是天的意志，天的命令。自命为孔子继承人的孟子，对“天”的看法同孔子差不多。那一段常被征引的话：“天将降大任于是人也，必先苦其心志，劳其筋骨，饿其体肤，空乏其身，行拂乱其所为。所以动心忍性，曾（增）益其所不能。”在这里，“天”也是一个有意志的主宰者。

也被认为是儒家的荀子，对“天”的看法却与老子接近，而与孔孟迥异其趣。他不承认天是有人格有意志的最高主宰者。有的哲学史家说，荀子直接把“天”解释为自然界。我个人认为，这是非常重要也非常正确的解释。荀子主要是在《天论》中对“天”做了许多唯物的解释，我不去抄录。我想特别提出“天养”说：“财非其类以养其类，夫是之谓天养。”意思是说人类利用大自然养活自己。这也是很重要的思想。多少年前我曾写过一篇论文《“天人合一”新解》。我当时没有注意到荀子对“天”的解释，所以自命为“新解”，其实并不新了，荀子已先我2000多年言之矣。我的贡献在于结合当前世界的情况把“天人合一”归入道德最高标准而已。这一点我在上面讲天人关系一节中已经讲到，请读者参阅。

我在上面只讲了老子、孔子、孟子和荀子。其他诸子对“天”的看法也是五花八门的。因为同我要谈的问题无关，我不一一论列。我只讲一下墨子，他认为“天”是有意志的，这同儒家的孔孟差不多。

我的补充解释就到此为止。

尽管荀子对“天”的认识已经达到很高的水平，但是支配中国思想界的儒家仍然是保守的。我想再回头分析一下上面已经提到过的格、致等八个层次。前五项都与修身有关，后三项则讲的是社会关系。没有一项是天人关系的。这是什么原因呢？根据我个人肤浅的看法，先秦儒家，大概同一般老百姓一样，觉得天离人们远，也有点恍兮惚兮，不容易捉摸，而人际关系则是摆在眼前的，时时处处，都会碰上，不注意解决是不行的。我们汉族是一个偏重实际的民族，所以就把注意力大部分用在解决社会关系和个人修身上面了。

几千年来，在中国的封建社会中，有很多形成系列的道德教条，什么仁、义、礼、智、信，什么孝、悌、忠、信、礼、义、廉、耻，如此等等，不一而足。每一个人在社会中的地位也排列得井井有条，比如五伦之类。亲属间的称呼也有条不紊，什么姑父、舅父、表姑、表舅等，世界上哪一种语言也翻译不出来，甚至在当前的中国，除了年纪大的一些人以外，年轻人自己也说不明白了。《白虎通》的三纲、六纪，陈寅恪先生认为是中国文化精义之所寄，可见中国这一些处理社会关系的准则在他心目中的重要地位了。

上面讲的是社会关系和个人修身问题。至于天人关系，除了先秦诸子所讲的以外，中国历代还有一种说法，就是所谓“天子”，说皇帝是上天的儿子。这种说法对皇帝和臣民都有好处。皇帝以此来吓唬老百姓，巩固自己的地位。臣下也可以适当地利用它来给皇帝一点制约，比如利用日食、月食、彗星出现等“天变”来向皇帝进谏，要他注意修德，要他注意自己的行动。这对人民多少有点好处。

把以上所讲的归纳起来看，本文中所讲的三个关系，第二个社会关系和第三个个人修身问题，人们早已注意到了，而且一贯加以重视了。至于天人关系，虽也已注意到，但只是片面讲，其间的关系则多所忽略，特别是对大自然能够报复，则认识比较晚，这情况中西皆然。只是到了西方产业革命以后，西方科技发展迅猛，人们忘乎所以，过分相信人定胜天的力量，以致受到了自然的报复，才出现了恩格斯所说的那种情况。到了今天，世界上一些有识之士，其中包括一些国家领导人，如梦初醒，惊呼“环保”不止。然而，从世界范围来看，并不是每个人都清醒够了。污染大气，破坏生态平衡的举动仍然到处可见。我个人的看法是不容乐观，因此我才把处理好天人关系提高到伦理道德的高标准来加以评断。

从一部人类发展前进的历史来看，三个关系的各自的对立面并不是固定不变的，而是变动不居的。因此制约这些关系的伦理道德教条也不可能一成不变。各个时代，各个民族，各个国家，情况不一，要求不一，道德标准也不可能统一。因此，我们必须提出，对过去的道德标准一定要批判继承。过去适用的，今天未必适用。今天适用的，将来未必适用。在道德教条中有的寿命长，有的寿命短。有的可能适用于全人类，有的只能适用于某一些地区。适用于一切时代，一切地区，万古长青的道德教条恐怕是绝无仅有的。

文章已经写得很长，必须结束了。我再着重说明一下，我不是伦理学家，没有研究过伦理学史。我只是习惯于胡思乱想。我常感觉到，中国以及世界上道德教条多如牛毛，如粒粒珍珠，熠熠闪光。可是都有点各自为政，不相贯联。我现在不揣冒昧提出了一条贯串众珠的线，把这些珠子穿了起来。是否恰当？自己不敢说。请方家不吝教正。

世态炎凉

世态炎凉，古今所共有，中外所同然，是最稀松平常的事，用不着多伤脑筋。元曲《冻苏秦》中说：“也素把世态炎凉心中暗忖。”《隋唐演义》中说：“世态炎凉，古今如此。”不管是“暗忖”，还是明忖，反正你得承认这个“古今如此”的事实。

但是，对世态炎凉的感受或认识的程度，却是随年龄的大小和处境的不同而很不相同的，绝非大家都一模一样。我在这里发现了一条定理：年龄大小与处境坎坷同对世态炎凉的感受成正比。年龄越大，处境越坎坷，则对世态炎凉感受越深刻。反之，年龄越小，处境越顺利，则感受越肤浅。这是一条放诸四海而皆准的定理。

我已到望九之年，在80多年的生命历程中，一波三折，好运与多舛相结合，坦途与坎坷相混杂，几度倒下，又几度爬起来，爬到今天这个地步。我可是真正参透了世态炎凉的玄机，尝够了世态炎凉的滋味。特别是“十年浩劫”中，我因为胆大包天，自己跳出来反对北大那一位炙手可热的“老佛爷”，被戴上了种种莫须有的帽子，被“打”成了反革命，遭受了极其残酷的至今回想起来还毛骨悚然的折磨。从牛棚里放出来以后，有长达几年的一段时间，我成了燕园中一个“不可接触者”。走在路上，我当年辉煌时对我低头弯腰毕恭毕敬的人，那时对我却视若路人，没有哪一个敢或肯跟我说一句话的。我也不习惯于抬头看人，同人说话。我这个人已经异化为“非人”。一天，我的孙子发烧到40℃，老祖和我用破自行车推着他到校医院去急诊。一个女同事竟吃了老虎心豹子胆似的，帮我这个已经步履蹒跚的花甲老人推了推车。我当时感动得热泪盈眶，如吸甘露，如饮醍醐。这件事、这个人我毕生难忘。

雨过天晴，云开雾散，我不但“官”复原职，而且还加官晋爵，又开始了一段辉煌。原来是门可罗雀，现在又是宾客盈门。你若问我有什么想法没有，想法当然是有的，一个忽而上天堂，忽而下地狱，又忽而重上天堂的人，哪能没有想法呢？我想的是：世态炎凉，古今如此。任何一个人，包括我自己在内，以及任何一个生物，从本能上来看，总是趋吉避凶的。因此，我没怪罪任何人，包括打过我的人。我没有对任何人打击报复。并不是由于我度量特别大，能容天下难容之事，而是由于我洞明世事，又反求诸躬。假如我处在别人的地位上，我的行动不见得会比别人好。

关于人的素质的几点思考

本篇为作者在台北法鼓人文社会学院召开的“人文关怀与社会实践系列——人的素质学术研究会”上的讲话。

一、我们当前所面临的形势

谈问题必须从实际出发，这几乎成了一个常识。谈人的素质又何能例外？

在这方面，我们，包括大陆和台湾，甚至全世界，我们所面临的形势怎样呢？我觉得，法鼓人文社会学院的“通告”中说得简洁而又中肯：

识者每以今日的社会潜伏下列诸问题为忧，即功利气息弥漫，只知夺取而缺乏奉献和服务的精神；大家对社会关怀不够，环境日益恶化；一般人虽受相当教育，但缺乏判断是非善恶的能力；科技教育与人文教育未能整合，阻碍教育整体发展，亦且影响学生健全人格的养成。

这些话都切中时弊。

在这里，我想补充上几句。

我们眼前正处在20世纪的世纪末和千纪末中。“世纪”和“千纪”都是人为地创造出来的；但是，一旦创造出来，它似乎就对人类活动产生了影响。19世纪的世纪末可以为鉴，当前的这一个世纪末，也不例外。在政治、经济等方面所发生的巨大变化，有目共睹。我特别想指出环境保护等方面的令人触目惊心的情况。这些都与西方科学技术的发展密切相连。

西方自产业革命以后，科技飞速发展。生产力解放之后，远迈前古。结果给全体人类带来了极大的意想不到的福利。这一点是无论如何也否认不掉的。但是同时也带来了想不到的弊端或者危害，比如空气污染、海河污染、生态平衡破坏、一些动植物灭种、环境污染、臭氧层出洞、人口爆炸、淡水资源匮乏、新疾病产生，如此等等，不一而足。这些灾害中任何一项如果避免不了，祛除不掉，则人类生存前途就会受到威胁。所以，现在全世界有识之士以及一些政府，都大声疾呼，注意环保工作。这实在值得我们钦佩。

英国浪漫主义诗人雪莱（Shelley）以诗人的惊人敏感，在19世纪初叶，正当西方工业发展如火如荼地上升的时候，在他所著的于1821年出版的《为诗辩护》中，就预见到它能产生的恶果，他不幸而言中，他还为这种恶果开出了解救的药方：诗与想象力，再加上一个爱。这也实在值得我们佩服。

眼前的这一个世纪末，实在是人类历史上一个空前的大动荡大转轨的时代。在这样的时机中，我们平常所说的“代沟”既深且广。老少两代人之间的隔阂十分严峻。有人把现在年青的一代人称为“新人类”，据说日本也有这个词儿，这个词儿意味深长。

二、人的天性或本能

我们就在这样的环境条件下来探讨人的天性的一些想法。

2000多年以来，中国哲学史上始终有一个争论不休的问题：性善与性恶。孟子主性善，荀子主性恶，这是众所周知的事实。两说各有拥护者和反对者，中立派就主张性无善无恶说。我个人的看法接近此说，但又不完全相同。如果让我摆脱骑墙派的立场，说出真心话的话，我赞成性恶说，然则根据何在呢?

由于行当不对头——我重点搞的是古代佛教历史、中亚古代语文、佛教史、中印和中外文化交流史……我对生理学和心理学所知甚微。根据我多年的观察与思考，我觉得，造物主或天或大自然，一方面赋予人和一切生物（动植物都在内）以极强烈的生存欲，另一方面又赋予它们极强烈的发展扩张欲。一棵小草能在砖石重压之下，以惊人的毅力，钻出头来，真令我惊叹不已。一尾鱼能产上百上千的卵，如果每一个卵都能长成鱼，则湖海有朝一日会被鱼填满。植物无灵，但有能，它想尽办法，让自己的种子传播出去。类似的例子，举不胜举。但是，与此同时，造物主又制造某些动植物的天敌，大鱼吃小鱼，小鱼吃虾米，猫吃老鼠，等等。总之是，一方面让你生存发展，一方面又遏止你生存发展，以此来保持物种平衡、人和动植物的平衡。这是造物主给生物开玩笑。老子说："天地不仁，以万物为刍狗。"意思与此颇为相近。如此说来，荀子的性恶说能说没有根据吗？荀子说："人之性恶，其善者伪也。""伪"字在这里有"人为"的意思，不全是"假"。总之，这说法比孟子性善说更能说得过去。

三、道德问题

写到这里，我认为可以谈道德问题了。道德讲善恶，讲好坏，讲是非，等等。那么，什么是善，是好，是是呢？根据我上面的说法，我们可以说：自己生存，也让别的人或动植物生存，这就是善。只考虑自己生存不考虑别人生存，这就是恶。《三国演义》中说曹操有言："宁教我负天下人，休教天下人负我。"这是典型的恶。要一个人不为自己的生存考虑，是不可能的，是违反人性的。只要能做到既考虑自己也考虑别人，这一个人就算及格了，考虑别人的百分比愈高，则这个人的道德水平也就愈高。百分之百考虑别人，所谓“毫不利己，专门利人”，是做不到的。那极少数为国家、为别人牺牲自己性命的，用一个哲学家的现成的话来说是出于“正义行动”。

只有人类这个“万物之灵”才能做到既为自己考虑，也能考虑到别人的利益。一切动植物是绝对做不到的，它们根本没有思维能力。它们没有自律，只有他律，而这他律就来自大自然或者造物主。人类能够自律，但也必须辅之以他律。康德所谓“消极义务”，多来自他律。他讲的“积极义务”，则多来自自律。他律的内容很多，比如社会舆论、道德教条等都是。而最明显的则是公安局、检察机构、法院。

写到这里，我想把话题扯远一点，才能把我想说的问题说明白。

人生于世，必须处理好三个关系：一、人与大自然的关系，那也称之为“天人关系”；二、人与人的关系，也就是社会关系；三、人自己的关系，也就是个人思想感情矛盾与平衡的问题。这三个关系处理好，人就幸福愉快；否则就痛苦。

在处理第一个关系，也就是天人关系时，东西方，至少在指导思想方向上截然不同。西方主“征服自然”（to conquer the nature），《天演论》的“物竞天择，适者生存”，即由此而出。但是天或大自然是能够报复的，能够惩罚的。你“征服”得过了头，它就报复。比如砍伐森林，砍光了森林，气候就受影响，洪水就泛滥。世界各地都有例可证。今年大陆的水灾，根本原因也在这里。这只是一个小例子，其余可依此类推。学术大师钱穆先生一生最后一篇文章《中国文化对人类未来可有的贡献》，讲的就是“天人合一”的问题，我冒昧地在钱老文章的基础上写了两篇补充的文章，我复印了几份，呈献给大家，以求得教正。

“天人合一”是中国哲学史上一个重要命题，解释纷纭，莫衷一是。钱老说：“我曾说‘天人合一’论，是中国文化对人类最大的贡献。”我的补充明确地说，“天人合一”就是人与大自然要合一，要和平共处，不要讲征服与被征服。西方近200年以来，对大自然征服不已，西方人以“天之骄子”自居，骄横不可一世，结果就产生了我在上文第一章里补充的那一些弊端或灾害。钱宾四先生文章中讲的“天”似乎重点是“天命”，我的“新解”，“天”是指的大自然。这种人与大自然要和谐相处的思想，不仅仅是中国思想的特征，也是东方各国思想的特征。这是东西文化思想分道扬镳的地方。在中国，表现这种思想最明确的无过于宋代大儒张载，他在《西铭》中说：“民，吾同胞；物，吾与也。”“物”指的是天地万物。佛教思想中也有“天人合一”的因素，韩国吴亨根教授曾明确地指出这一点来。佛教基本教规之一的“五戒”中就有戒杀生一条，同中国“物与”思想一脉相通。

四、修养与实践问题

我体会，圣严法师之所以不惜人力和物力召开这样一个规模宏大的会议，大陆暨香港地区以及台湾地区的许多著名的学者专家之所以不远千里来此集会，绝不会是让我们坐而论道的。道不能不论，不论则意见不一致，指导不明确，因此不论是不行的。但是，如果只限于论，则空谈无补于实际，没有多大意义。况且，圣严法师为法鼓人文社会学院明定宗旨是“提升人的品质，建设人间净土”。这次会议的宗旨恐怕也是如此。所以，我们在议论之际，也必须想出一些具体的办法。这样会议才能算是成功的。

我在本文第一章中已经讲到过，我们中国和全世界所面临的形势是十分严峻的。钱穆先生也说："近百年来，世界人类文化所宗，可说全在欧洲。最近50年，欧洲文化近于衰落，此下不能再为世界人类文化向往之宗主。所以可说，最近乃人类文化之衰落期。此下世界文化又将何所向往？这是今天我们人类最值得重视的现实问题。"可谓慨乎言之矣。

我就是在面临这样严峻的情况下提出了修养和实践问题的，也可以称之为思想与行动的关系，二者并不完全一样。

所谓修养，主要是指思想问题、认识问题、自律问题，他律有时候也是难以避免的。在大陆，帮助别人认识问题，叫作"做思想工作"。一个人遇到疑难，主要靠自己来解决，首先在思想上解决了，然后才能见诸行动，别人的点醒有时候也起作用。佛教禅宗主张"顿悟"。觉悟当然主要靠自己，但是别人的帮助有时也起作用。禅师的一声断喝，一记猛掌，一句狗屎橛，也能起振聋发聩的作用。宋代理学家有一个克制私欲的办法。清尹铭绶《学见举隅》中引朱子的话说：

前辈有俗澄治思虑者，于坐处置两器，每起一善念，则投白豆一粒于器中；每起一恶念，则投黑豆一粒于器中。初时黑豆多，白豆少，后来随不复有黑豆，最后则验白豆亦无之矣。然此只是个死法，若更加以读书穷理的工夫，那去那般不正作当底思虑，何难之有？

这个方法实际上是受了佛经的影响。《贤愚经》卷十三，（六七）优波提品第六十讲到一个“系念”的办法：

以白黑石子，用当等于筹算。善念下白，恶念下黑。优波提奉受其教，善恶之念，辄投石子。初黑偶多，白者甚少。渐渐修习，白黑正等。系念不止。更无黑石，纯有白者。善念已盛，逮得初果。（《大正新修大藏经》，第四卷，页四四二下）

这与朱子说法几乎完全一样，区别只在豆与石耳。

这个做法究竟有多大用处，我们且不去谈。两个地方都讲善念、恶念。什么叫善？什么叫恶？中印两国的理解恐怕很不一样。中国的宋儒不外孔孟那些教导，印度则是佛教教义。我自己对善恶的看法，上面已经谈过。要系念，我认为，不外是放纵本性与遏制本性的斗争而已。为什么要遏制本性？目的是既让自己活，也让别人活。因为如果不这样做的话，则社会必然乱了套，就像现代大城市里必然有红绿灯一样，车往马来，必然要有法律和伦理教条。宇宙间，任何东西，包括人与动植物，都不允许有“绝对自由”。为了宇宙正常运转，为了人类社会正常活动，不得不尔也。对动植物来讲，它们不会思考，不能自律，只能他律。人为万物之灵，是能思考、能明辨是非的动物，能自律，但也必济之以他律。朱子说，这个系念的办法是个“死法”，光靠它是不行的，还必须读书穷理，才能去掉那些不正当的思虑。读书当然是有益的，但却不能只限于孔孟之书；穷理也是好的，但标准不能只限于孔孟之道。特别是在今天，在一个新世纪即将来临之际，眼光更要放远。

眼光怎样放远呢？首先要看到当前西方科技所造成的弊端，人类生存前途已处在危机中。世人昏昏，我必昭昭。我们必须力矫西方“征服自然”之弊，大力宣扬东方“天人合一”的思想，年轻人更应如此。

以上主要讲的是修养。光修养还是很不够的，还必须实践，也就是行动，最好能有一个信仰，宗教也好，什么主义也好；但必须虔诚、真挚。这里存不得半点虚假成分。我们不妨先从康德的“消极义务”做起：不污染环境、不污染空气、不污染河湖、不胡乱杀生、不破坏生态平衡、不砍伐森林，还有很多“不”。这些“消极义务”能产生积极影响。这样一来，个人的修养与实践、他人的教导与劝说，再加上公、检、法的制约，本文第一点所讲的那一些弊害庶几可以避免或减少，圣严法师所提出的希望庶几能够实现，我们同处于“人间净土”中。“挽狂澜于既倒”，事在人为。

第三章

糊涂一点，潇洒一点

为什么人们提倡糊涂一点，潇洒一点呢？
我个人觉得，这能提高人们和为贵的精神，
大大有利于安定团结。

满招损，谦受益

这本来是中国一句老话，来源极古，《尚书·大禹谟》中已经有了，以后历代引用不辍，一直到今天，还经常挂在人民嘴上。可见此话道出了一个真理，经过将近3000年的检验，益见其真实可靠。

这话适用于干一切工作的人，做学问何独不然？可是，怎样来解释呢？

根据我自己的思考与分析，满（自满）只有一种：真。

假自满者，未之有也。吹牛皮，说大话，那不是自满，而是骗人。谦（谦虚）却有两种，一真一假。假谦虚的例子，真可以说是俯拾即是。故作谦虚状者，比比皆是。中国人的“菲酌”“拙作”之类的词，张嘴即出。什么“指正”“斧正”“哂正”之类的送人自己著作的谦辞，谁都知道是假的；然而谁也必须这样写。这种谦辞已经深入骨髓，不给任何人留下任何印象。日本人赠人礼品，自称“粗品”者，也属于这一类。这种虚伪的谦虚不会使任何人受益。西方人无论如何也是不能理解的。为什么拿“菲酌”而不拿盛宴来宴请客人？为什么拿“粗品”而不拿精品送给别人？对西方人简直是一个谜。

我们要的是真正的谦虚，做学问更是如此。如果一个学者，不管是年轻的，还是中年的、老年的，觉得自己的学问已经够大了，没有必要再进行学习了，他就不会再有进步。事实上，不管你搞哪一门学问，绝不会有搞得完全彻底一点问题也不留的。人即使能活上1000年，也是办不到的。因此，在做学问上谦虚，不但表示这个人有道德，也表示这个人是实事求是的。听说康有为说过，他年届30，天下学问即已学光。仅此一端，就可以证明，康有为不懂什么叫学问，现在有人尊他为“国学大师”，我认为是可笑的。他至多只能算是一个革新家。

在当今中国的学坛上，自视甚高者，所在皆是；而真正虚怀若谷者，则绝无仅有。我不认为这是一个好现象。有不少年轻的学者，写过几篇论文，出过几册专著，就傲气凌人。这不利于他们的进步，也不利于中国学术前途的发展。

我自己怎样呢？我总觉得自己不行。我常常讲，我是样样通，样样松。我一生勤奋不辍，天天都在读书写文章，但一遇到一个必须深入或更深入钻研的问题，就觉得自己知识不够，有时候不得不临时抱佛脚。人们都承认，自知之明极难；有时候，我却觉得，自己的“自知之明”过了头，不是虚心，而是心虚了。因此，我从来没有觉得自满过。这当然可以说是一个好现象。但是，我又遇到了极大的矛盾：我觉得真正行的人也如凤毛麟角。我总觉得，好多学人不够勤奋，天天虚度光阴。我经常处在这种心理矛盾中。别人对我的赞誉，我非常感激；但是，我并没有被这些赞誉冲昏了头脑，我头脑是清楚的。我只劝大家，不要全信那一些对我赞誉的话，特别是那些顶高得惊人的帽子，我更是受之有愧。

知足知不足

曾见冰心老人为别人题座右铭：“知足知不足，有为有不为。”言简意赅，寻味无穷。特写短文两篇，稍加诠释。先讲知足知不足。

中国有一句老话“知足常乐”，为大家所遵奉。什么叫“知足”呢？还是先查一下字典吧。《现代汉语词典》说：“知足：满足于已经得到的（指生活、愿望等）。”如果每个人都能满足于已经得到的东西，则社会必能安定，天下必能太平，这个道理是显而易见的。可是社会上总会有一些人不安分守己，癞蛤蟆想吃天鹅肉。这样的人往往要栽大跟头的。对他们来说，“知足常乐”这句话就成了灵丹妙药。

但是，知足或者不知足也要分场合的。在旧社会，穷人吃草根树皮，阔人吃燕窝鱼翅。在这样的场合下，你劝穷人知足，能劝得动吗？正相反，应当鼓励他们不能知足，要起来斗争。这样的不知足是正当的，是有重大意义的，它能伸张社会正义，能推动人类社会前进。

除了场合以外，知足还有一个分的问题。什么叫分？笼统言之，就是适当的限度。人们常说的“安分”“非分”等，指的就是限度。这个限度也是极难掌握的，是因人而异、因地而异的。勉强找一个标准的话，那就是“约定俗成”。我想，冰心老人之所以写这一句话，其意不过是劝人少存非分之想而已。

至于知不足，在汉文中虽然字面上相同，其含义则有差别。这里所谓“不足”，指的是“不足之处”，“不够完美的地方”。这句话同“自知之明”有联系。

自古以来，中国就有一句老话：“人贵有自知之明。”这一句话暗示我们，有自知之明并不容易，否则这一句话就用不着说了。事实上也确实如此。就拿现在来说，我所见到的人，大都自我感觉良好。专以学界而论，有的人并没有读几本书，却不知天高地厚，以天才自居，靠自己一点小聪明——这能算得上聪明吗？——狂傲恣睢，骂尽天下一切文人，大有用一枚毛锥横扫六合之概，令明眼人感到既可笑，又可怜。这种人往往没有什么出息的。因为，又有一句中国老话："学如逆水行舟，不进则退。"还有一句中国老话"学海无涯"，说的都是真理。但在这些人眼中，他们已经穷了学海之源，往前再没有路了，进步是没有必要的。他们除了自我欣赏之外，还能有什么出息呢？

古代希腊也认为自知之明是可贵的，所以语重心长地说出了："要了解你自己！"中国同希腊相距万里，可竟说了几乎是一模一样的话，可见这些话是普遍的真理。中外几千年的思想史和科学史，也都证明了一个事实：只有知不足的人才能为人类文化做出贡献。

有为有不为

“为”，就是“做”。应该做的事，必须去做，这就是“有为”。不应该做的事必不能做，这就是“有不为”。

在这里，关键是“应该”二字。什么叫“应该”呢？这有点像仁义的“义”字。韩愈给“义”字下的定义是“行而宜之之谓义”。“义”就是“宜”。而“宜”就是“合适”，也就是“应该”，但问题仍然没有解决。要想从哲学上从伦理学上说清楚这个问题，恐怕要写上一篇长篇论文，甚至一部大书。我没有这个能力，也认为根本无此必要。我觉得，只要诉诸一般人都能够有的良知良能，就能分辨清是非善恶了，就能知道什么事应该做，什么事不应该做了。

中国古人说："勿以善小而不为，勿以恶小而为之。"可见善恶是有大小之别的，应该不应该也是有大小之别的，并不是都在一个水平上。什么叫大，什么叫小呢？这里也用不着烦琐的论证，只需动一动脑筋，睁开眼睛看一看社会，也就够了。

小恶、小善，在日常生活中，随时可见。比如在公共汽车上给老人和病人让座，能让，算是小善；不能让，也只能算是小恶，够不上大逆不道。然而，从那些一看到有老人或病人上车就立即装出闭目养神的样子的人身上，不也能由小见大看出了社会道德的水平吗？

至于大善大恶，目前社会中也可以看到，但在历史上却看得更清楚。比如宋代的文天祥。他为元军所虏。如果他想活下去，屈膝投敌就行了，不但能活，而且还能有大官做，最多是在身后被列入"贰臣传"，"身后是非谁管得"，管那么多干吗呀？然而他却高赋《正气歌》，从容就义，留下英名万古传，至今还在激励着我们全国人民的爱国热情。

通过上面举的一个小恶的例子和一个大善的例子，我们大概对大小善和大小恶能够得到一个笼统的概念了。凡是对国家有利，对人民有利，对人类发展、前途有利的事情就是大善，反之就是大恶。凡是对处理人际关系有利，对保持社会安定团结有利的事情可以称之为小善，反之就是小恶。大小之间有时难以区别，这只不过是一个大体的轮廓而已。

大小善和大小恶有时候是有联系的。俗话说：千里之堤，溃于蚁穴。拿眼前常常提到的贪污行为而论，往往是先贪污少量的财物，心里还有点打鼓，但是，一旦得逞，尝到甜头，又没被人发现，于是胆子越来越大，贪污的数量也越来越多，终至于一发而不可收，最后受到法律的制裁，悔之晚矣。也有个别的识时务者，迷途知返，就是所谓浪子回头者，然而难矣哉！

我的希望很简单，我希望每个人都能有为有不为。一旦“为”错了，就毅然回头。

牵就与适应

牵就，也作“迁就”。“牵就”和“适应”，是我们说话和行文时常用的两个词儿，含义颇有些类似之处；但是，一仔细琢磨，二者间实有差别，而且是原则性的差别。

根据词典的解释，《现代汉语词典》注“牵就”为“迁就”和“牵强附会”。注“迁就”为“将就别人”，举的例是：“坚持原则，不能迁就。”注“将就”为“勉强适应不很满意的事物或环境”。举的例是：“衣服稍微小一点，你将就着穿吧！”注“适应”为“适合（客观条件或需要）”。举的例子是“适应环境”。“迁就”这个词儿，古书上也有，《辞源》注为“舍此取彼，委曲求合”。

我说，二者含义有类似之处，《现代汉语词典》注“将就”一词时就使用了“适应”一词。

词典的解释，虽然头绪颇有点乱，但是，归纳起来，“牵就（迁就）”和“适应”这两个词儿的含义还是清楚的。“牵就”的宾语往往是不很令人愉快、令人满意的事情。在平常的情况下，这种事情本来是不能或者不想去做的。极而言之，有些事情甚至是违反原则的，违反做人的道德的，当然完全是不能去做的。但是，迫于自己无法掌握的形势，或者出于利己的私心，或者由于其他的什么原因，非做不行，有时候甚至昧着自己的良心，自己也会感到痛苦的。

根据我个人的语感，我觉得，“牵就”的根本含义就是这样，词典上并没有说清楚。

但是，又是根据我个人的语感，我觉得，“适应”同“牵就”是不相同的。我们每一个人都会经常使用“适应”这个词儿的。不过在大多数的情况下，我们都是习而不察。我手边有一本沈从文先生的《花花朵朵坛坛罐罐》，汪曾祺先生的《代序：沈从文转业之谜》中有一段话说：“一切终得变，沈先生是竭力想适应这种‘变’的。”这种“变”，指的是解放。沈先生写信给人说：“对于过去种种，得决心放弃，从新起始来学习。这个新的起始，并不一定即能配合当前需要，唯必能把握住一个进步原则来肯定，来完成，来促进。”沈从文先生这个“适应”，是以“进步原则”来适应新社会的。这个“适应”是困难的，但是正确的。我们很多人在一九四九年初期都有类似的经验。

再拿来同“牵就”一比较，两个词儿的不同之处立即可见。“适应”的宾语，同“牵就”不一样，它是好的事物，进步的事物；即使开始时有点困难，也必能心悦诚服地予以克服。在我们的一生中，我们会不断地遇到必须“适应”的事务，“适应”成功，我们就有了“进步”。

简洁地说：我们须“适应”，但不能“牵就”。

缘分与命运

缘分与命运本来是两个词儿，都是我们口中常说、文中常写的。但是，仔细琢磨起来，这两个词儿含义极为接近，有时达到了难解难分的程度。

缘分和命运可信不可信呢?

我认为，不能全信，又不可不信。

我绝不是为算卦相面的“张铁嘴”“王半仙”之流的骗子来张目。看八字算命那一套骗人的鬼话，只要一个异常简单的事实就能揭穿。试问普天之下——番邦暂且不算，因为老外那里没有这套玩意儿——同年、同月、同日、同时生的孩子有几万，几十万，他们一生的经历难道都能够绝对一样吗？绝对的不一样，倒近于事实。

可你为什么又说，缘分和命运不可不信呢？

我也举一个异常简单的事实。只要你把你最亲密的人，你的老伴——或者“小伴”，这是我创造的一个名词儿，年轻的夫妻之谓也——同你自己相遇，一直到“有情人终成了眷属”的经过回想一下，便立即会同意我的意见。你们可能是一个生在天南，一个生在海北，中间经过了不知道多少偶然的机遇，有的机遇简直是间不容发，稍纵即逝，可终究没有错过，你们到底走到一起来了。即使是青梅竹马的关系，也同样有个“机遇”问题。这种“机遇”是报纸上的词儿，哲学上的术语是“偶然性”，老百姓嘴里就叫作“缘分”或“命运”。这种情况，谁能否认，又谁能解释呢？没有办法，只好称之为缘分或命运。

北京西山深处有一座辽代古庙，名叫“大觉寺”。此地有崇山峻岭、茂林流泉，有300年的玉兰树，200年的藤萝花，是一个绝妙的地方。将近20年前，我骑自行车去过一次。当时古寺虽已破败，但仍给我留下了深刻的印象，至今忆念难忘。去年春末，北大中文系的毕业生欧阳旭邀我们到大觉寺去剪彩。原来他下海成了颇有基础的企业家。他毕竟是书生出身，念念不忘为文化做贡献。他在大觉寺里创办了一个明慧茶院，以弘扬中国的茶文化。我大喜过望，准时到了大觉寺。此时的大觉寺已焕然一新，雕梁画栋，金碧辉煌，玉兰已开过而紫藤尚开，品茗观茶道表演，心旷神怡，浑然欲忘我矣。

将近一年以来，我脑海中始终有一个疑团：这个英年岐嶷的小伙子怎么会到深山里来搞这么一个茶院呢？前几天，欧阳旭又邀我们到大觉寺去吃饭。坐在汽车上，我不禁向他提出了我的问题。他莞尔一笑，轻声说："缘分！"原来在这之前他携伙伴郊游，黄昏迷路，撞到大觉寺里来。爱此地之清幽，便租了下来，加以装修，创办了明慧茶院。

此事虽小，可以见大。信缘分与不信缘分，对人的心情影响是不一样的。信者胜可以做到不骄，败可以做到不馁，决不至胜则忘乎所以，败则怨天尤人。中国古话说："尽人事而听天命。”首先必须“尽人事”，否则馅儿饼绝不会自己从天上落到你嘴里来。但又必须“听天命”。人世间，波诡云谲，因果错综。只有能做到“尽人事而听天命”，一个人才能永远保持心情的平衡。

走运与倒霉

走运与倒霉，表面上看起来，似乎是绝对对立的两个概念。世人无不想走运，而绝不想倒霉。

其实，这两件事是有密切联系的，互相依存的，互为因果的。说极端了，简直是一而二二而一者也。这并不是我的发明创造。2000 多年前的老子已经发现了，他说：“祸兮福之所倚，福兮祸之所伏。孰知其极？其无正。”老子的“福”就是走运，他的“祸”就是倒霉。

走运有大小之别，倒霉也有大小之别，而两者往往是相通的。走的运越大，则倒的霉也越惨，两者之间成正比。中国有一句俗话说：“爬得越高，跌得越重。”形象生动地说明了这种关系。

吾辈小民，过着平平常常的日子，天天忙着吃、喝、拉、撒、睡，操持着柴、米、油、盐、酱、醋、茶。有时候难免走点小运，有的是主动争取来的，有的是时来运转，好运从天上掉下来的。高兴之余，不过喝上二两二锅头，飘飘然一阵了事。但有时又难免倒点小霉，“闭门家中坐，祸从天上来”，没有人去争取倒霉的。倒霉以后，也不过心里郁闷几天，对老婆孩子发点小脾气，转瞬就过去了。

但是，历史上和眼前的那些大人物和大款，他们一身系天下安危，或者系一个地区、一个行当的安危。他们得意时，比如打了一个大胜仗，或者倒卖房地产、炒股票，发了一笔大财，意气风发，踌躇满志，自以为天上地下，唯我独尊。“固一世之雄也”，怎二两二锅头了得！然而一旦失败，不是自刎乌江，就是从摩天高楼跳下，“而今安在哉”！

从历史上到现在，中国知识分子有一个“特色”，这在西方国家是找不到的。中国历代的诗人、文学家，不倒霉则走不了运。司马迁在《太史公自序》中说："昔西伯拘羑里，演《周易》；孔子厄陈蔡，作《春秋》；屈原放逐，著《离骚》；左丘失明，厥有《国语》；孙子膑脚，《兵法》修列；不韦迁蜀，世传《吕览》；韩非囚秦，《说难》《孤愤》；《诗》三百篇，大抵贤圣发愤之所为作也。"司马迁算的这个总账，后来并没有改变。汉以后所有的文学大家，都是在倒霉之后，才写出了震古烁今的杰作。像韩愈、苏轼、李清照、李后主等一批人，莫不皆然。从来没有过状元宰相成为大文学家的。

了解了这一番道理之后，有什么意义呢？我认为，意义是重大的。它能够让我们头脑清醒，理解祸福的辩证关系：走运时，要想到倒霉，不要得意过了头；倒霉时，要想到走运，不必垂头丧气。心态始终保持平衡，情绪始终保持稳定，此亦长寿之道也。

三思而行

“三思而行”，是我们现在常说的一句话。主要劝人做事不要鲁莽，要仔细考虑，然后行动，则成功的可能性会大一些，碰壁的可能性会小一些。

要数典而不忘祖，也并不难。这个典故就出在《论语·公冶长第五》：“季文子三思而后行。子闻之曰：‘再，斯可矣。’”这说明，孔老夫子是持反对意见的。吾家老祖宗文子（季孙行父）的三思而后行的举动，两千六七百年以来，历代都得到了几乎全天下人的赞扬，包括许多大学者在内。查一查《十三经注疏》，就能一目了然。《论语正义》说：“三思者，言思之多，能审慎也。”许多书上还表扬了季文子，说他是“忠而有贤行者”。甚至有人认为三思还不够。《三国志·吴志·诸葛恪传注》中说，有人劝恪“每事必十思”。可是我们的孔圣人却冒天下之大不韪，批评了季文子三思过多，只思二次（再）就够了。

这怎么解释呢？究竟谁是谁非呢？

我们必须先弄明白，什么叫“三思”。总的来说，对此有两个解释，一个是“言思之多”，这在上面已经引过。一个是“君子之谋也，始衷（中）终皆举之而后入焉”。这话虽为文子自己所说，然而孔子以及上万上亿的众人却不这样理解。他们理解，一直到今天，仍然是“多思”。

多思有什么坏处呢？又有什么好处呢？根据我个人几十年来的体会，除了下围棋、象棋等以外，多思有时候能使人昏昏，容易误事。平常骂人说是“不肖子孙”，意思是与先人的行动不一样的人。我是季文子的最“肖”子孙。我平常做事不但三思，而且超过三思，是否达到了人们要求诸葛恪做的“十思”，没做统计，不敢乱说。反正是思过来，思过去，越思越糊涂，终而至头昏昏然，而仍不见行动，不敢行动。我这样一个过于细心的人，有时会误大事的。我觉得，碰到一件事，绝不能不思而行，鲁莽行动。记得当年在德国时，法西斯统治正“如火如荼”，一些盲目崇拜希特勒的人，常常使用一个词儿 Darauf-galngertum，意思是“说干就干，不必思考”。这是法西斯的做法，我们必须坚决扬弃。遇事必须深思熟虑，先考虑可行性，考虑的方面越广越好。然后再考虑不可行性，也是考虑的方面越广越好。正反两面仔细考虑完以后，就必须加以比较，做出决定，立即行动。如果你考虑正面，又考虑反面之后，再回头来考虑正面，又再考虑反面，那么，如此循环往复，终无宁日，最终成为考虑的巨人，行动的侏儒。

所以，我赞成孔子的“再，斯可矣”。

做人与处世

一个人活在世界上，必须处理好三个关系：第一，人与大自然的关系；第二，人与人的关系，包括家庭关系在内；第三，个人心中思想与感情矛盾与平衡的关系。这三个关系，如果能处理得好，生活就能愉快；否则，生活就有苦恼。

人本来也是属于大自然范畴的。但是，人自从变成了“万物之灵”以后，就同大自然闹起独立来，有时竟成了大自然的对立面。人类的衣食住行所有的资料都取自大自然，我们向大自然索取是不可避免的。关键是，怎样去索取？索取手段不出两途：一用和平手段，一用强制手段。我个人认为，东西文化之分野，就在这里。西方对待大自然的基本态度或指导思想是“征服自然”，用一句现成的套话来说，就是用处理敌我矛盾的方法来处理人与大自然的关系。结果呢，从表面看上去，西方人是胜利了，大自然真的被他们征服了。自从西方产业革命以后，西方人屡创奇迹。楼上楼下，电灯电话。大至宇宙飞船，小至原子，无一不出自西方“征服者”之手。

然而，大自然的容忍是有限度的，它是能报复的，它是能惩罚的。报复或惩罚的结果，人皆见之，比如环境污染，生态失衡，臭氧层出洞，物种灭绝，人口爆炸，淡水资源匮乏，新疾病产生，如此等等，不一而足。这些弊端中哪一项不解决都能影响人类生存的前途。我并非危言耸听，现在全世界人民和政府都高呼环保，并采取措施。古人说：“失之东隅，收之桑榆。”犹未为晚。

中国或者东方对待大自然的态度或哲学基础是“天人合一”。宋人张载说得最简明扼要：“民，吾同胞；物，吾与也。”“与”的意思是伙伴。我们把大自然看作伙伴，可惜我们的行为没能跟上。在某种程度上，也采取了“征服自然”的办法，结果也受到了大自然的报复。前不久南北的大洪水不是很能发人深省吗？

至于人与人的关系，我的想法是：对待一切善良的人，不管是家属，还是朋友，都应该有一个两字箴言：一曰真，二曰忍。真者，以真情实意相待，不允许弄虚作假。对待坏人，则另当别论。忍者，相互容忍也。日子久了，难免有点磕磕碰碰。在这时候，头脑清醒的一方应该能够容忍。如果双方都不冷静，必致因小失大，后果不堪设想。唐朝张公艺的“百忍”是历史上有名的例子。

至于个人心中思想感情的矛盾，则多半起于私心杂念。解之之方，唯有消灭私心，学习诸葛亮的“淡泊以明志，宁静以致远”，庶几近之。

死的浮想

但是，我心中并没有真正达到我自己认为的那样的平静，对生死还没有能真正置之度外。

就在住进病房的第四天夜里，我已经上了床躺下，在尚未入睡之前我偶尔用舌尖舔了舔上颚，蓦地舔到了两个小水疱。这本来是可能已经存在的东西，只是没有舔到过而已。今天一旦舔到，忽然联想起邹铭西大夫的话和李恒进大夫对我的要求，舌头仿佛被火球烫了一下，立即紧张起来。难道水疱已经长到咽喉里面来了吗？

我此时此刻迷迷糊糊，思维中理智的成分已经所剩无几，剩下的是一些接近病态的本能的东西。一个很大的“死”字突然出现在眼前，在我头顶上飞舞盘旋。在燕园里，最近十几年来我常常看到某一个老教授的门口开来救护车，老教授登车的时候心中作何感想，我不知道，但是，在我心中，我想到的却是“风萧萧兮易水寒，壮士一去兮不复还”！事实上，复还的人确实少到几乎没有。我今天难道也将变成荆轲了吗？我还能不能再见到我离家时正在十里飘香绿盖擎天的季荷呢？我还能不能再看到那一只对我依依不舍的白色的波斯猫呢？

其实，我并不是怕死。我一向认为，我是一个几乎死过一次的人。“十年浩劫”中，我曾下定决心“自绝于人民”。我在上衣口袋里，在裤子口袋里装满了安眠药片和安眠药水，想采用“先进”的资本主义自杀方式，以表示自己的进步。在这千钧一发之际，押解我去接受批斗的牢头禁子猛烈地踢开了我的房门，从而阻止了我到阎王爷那里去报到的可能。批斗回来以后，虽然被打得鼻青脸肿，帽子丢掉了，鞋丢掉了一只，身上全是革命小将，也或许有中将和老将吐的痰。游街仪式完成后，被一脚从汽车上踹下来的时候，躺在11月底的寒风中，半天爬不起来。然而，我“顿悟”了。批斗原来是这样子呀！是完全可以忍受的。我又下定决心，不再自寻短见，想活着看一看，“看你横行到几时”。

一个人临死前的心情，我完全有感性认识。我当时心情异常平静，平静到一直到今天我都难以理解的程度。老祖和德华谁也没有发现，我的神情有什么变化。我对自己这种表现感到十分满意，我自认已经参透了生死奥秘，渡过了生死大关，而沾沾自喜，认为自己已经修养得差不多了，已经大大地有异于常人了。

然而黄铜当不了真金，假的就是假的，到了今天，30多年已经过去了，自己竟然被上颚上的两个微不足道的小水疱吓破了胆，使自己的真相完全暴露于光天化日之下，这完全出乎我的意料。我自己辩解说，那天晚上的行动只不过是一阵不正常的歇斯底里爆发。但是正常的东西往往寓于不正常之中。我虽已经痴长92岁，对人生的参透还有极长的距离。今后仍须加紧努力。

反躬自省

我在上面，从病原开始，写了发病的情况和治疗的过程，自己的侥幸心理，掉以轻心，自己的瞎鼓捣，以至酿成了几乎不可收拾的大患。进了三〇一医院，边叙事、边抒情、边发议论、边发牢骚，一直写了13000多字。现在写作重点是应该换一换的时候了，换的主要枢纽是反求诸己。

三〇一医院的大夫们发扬了三高的医风，熨平了我身上的创伤，我自己想用反躬自省的手段，熨平我自己的心灵。

我想从认识自我谈起。

每一个人都有一个自我，自我当然离自己最近，应该最容易认识。事实证明正相反，自我最不容易认识。所以古希腊人才发出了know thyself（认识你自己）的惊呼。一般的情况是，人们往往把自己的才能、学问、道德、成就等评估过高，永远是自我感觉良好。这对自己是不利的，对社会也是有害的。许多人事纠纷和社会矛盾由此而生。

不管我自己有多少缺点与不足之处，但是认识自己，我是颇能做到一些的。我经常剖析自己。想回答“自己究竟是一个什么样的人”这样一个问题。我自信能够客观地实事求是地进行分析的。我认为，自己绝不是什么天才，绝不是什么奇才异能之士，自己只不过是一个中不溜丢的人；但也不能说是蠢材。我说不出，自己在哪一方面有什么特别的天赋。绘画和音乐我都喜欢，但都没有天赋。在中学读书时，在课堂上偷偷地给老师画像，我的同桌同学比我画得更像老师，我不得不心服。我羡慕许多同学都能拿出一手儿来，唯独我什么也拿不出。

我想在这里谈一谈我对天才的看法。在世界和中国历史上，确实有过天才，我都没能够碰到。但是，在古代，在现代，在中国，在外国，自命天才的人却层出不穷。我也曾遇到不少这样的人。他们那一副自命不凡的天才相，令人不敢向迩。别人嗤之以鼻，而这些“天才”则岿然不动，挥斥激扬，乐不可支。此种人物列入《儒林外史》是再合适不过的。我除了敬佩他们的脸皮厚之外，无话可说。我常常想，天才往往是偏才。他们大脑里一切产生智慧或灵感的构件集中在某一个点上，别的地方一概不管，这一点就是他的天才之所在。天才有时候同疯狂融在一起，画家凡·高就是一个好例子。

在伦理道德方面，我的基础也不雄厚和巩固。我绝没有现在社会上认为的那样好，那样清高。在这方面，我有我的一套“理论”。我认为，人从动物群体中脱颖而出，变成了人。除了人的本质外，动物的本质也还保留了不少。一切生物的本能，即所谓“性”，都是一样的，即一要生存，二要温饱，三要发展。在这条路上，倘有障碍，必将本能地下死力排除之。

根据我的观察，生物还有争胜或求胜的本能，总想压倒别的东西，一枝独秀。这种本能人当然也有。我们常讲，在世界上，争来争去，不外名利两件事。名是为了满足求胜的本能，而利则是为了满足求生。二者联系密切，相辅相成，成为人类的公害，谁也铲除不掉。古今中外的圣人贤人们都尽过力量，而所获只能说是有限。

至于我自己，一般人的印象是，我比较淡泊名利。其实这只是一个假象，我名利之心兼而有之。只因我的环境对我有大裨益，所以才造成了这一个假象。我在40多岁时，一个中国知识分子当时所能追求的最高荣誉，我已经全部拿到手。在学术上是中国科学院学部委员，即后来的院士。在教育界是一级教授。在政治上是全国政协委员。学术和教育我已经爬到了百尺竿头，再往上就没有什么阶梯了。我难道还想登天做神仙吗？因此，以后几十年的提升提级活动我都无权参加，只是领导而已。假如我当时是一个二级教授——在大学中这已经不低了，我一定会渴望再爬上一级的。不过，我在这里必须补充几句。即使我想再往上爬，我也绝不会奔走、钻营、吹牛、拍马，只问目的，不择手段。那不是我的作风，我一辈子没有干过。

写到这里，就跟一个比较抽象的理论问题挂上了钩：什么叫好人？什么叫坏人？什么叫好？什么叫坏？我没有看过伦理教科书，不知道其中有没有这样的定义。我自己悟出了一套看法，当然是极端粗浅的，甚至是原始的。我认为，一个人一生要处理好三个关系：天人关系，也就是人与大自然的关系；人人关系，也就是社会关系；个人思想和感情中矛盾和平衡的关系。处理好了，人类就能够进步，社会就能够发展。好人与坏人的问题属于社会关系。因此，我在这里专门谈社会关系，其他两个就不说了。

正确处理人与人的关系，主要是处理利害关系。每个人都有自己的利益，都关心自己的利益。而这种利益又常常会同别人有矛盾的。有了你的利益，就没有我的利益。你的利益多了，我的就会减少。怎样解决这个矛盾就成了芸芸众生最棘手的问题。

人类毕竟是有思想能思维的动物。在这种极端错综复杂的利益矛盾中，他们绝大部分人都能有分析评判的能力。至于哲学家所说的良知和良能，我说不清楚。人们能够分清是非善恶，自己处理好问题。在这里无非是有两种态度，既考虑自己的利益，为自己着想，也考虑别人的利益，为别人着想。极少数人只考虑自己的利益，而又以残暴的手段攫取别人的利益者，是为害群之马，国家必绳之以法，以保证社会的安定团结。

这也是衡量一个人好坏的基础。地球上没有天堂乐园，也没有小说中所说的“君子国”。对一般人民的道德水平不要提出过高的要求。一个人除了为自己着想外，能为别人着想的水平达到百分之六十，他就算是一个好人。水平越高，当然越好。那样高的水平恐怕只有少数人能达到了。

至于我自己，我是一个谨小慎微、性格内向的人。考虑问题有时候细入毫发。我考虑别人的利益，为别人着想，我自认能达到百分之六十。我只能把自己划归好人一类。我过去犯过许多错误，伤害了一些人。但那绝不是有意为之，是为我的水平低修养不够所支配的。在这里，我还必须再做一下老王，自我吹嘘一番。在大是大非问题前面，我会一反谨小慎微的本性，挺身而出，完全不计个人利害。我觉得，这是我身上的亮点，颇值得骄傲的。总之，我给自己的评价是：一个平平常常的好人，但不是一个不讲原则的滥好人。

现在我想重点谈一谈对自己当前处境的反思。

我生长在鲁西北贫困地区一个僻远的小村庄里。晚年，一个幼年时的伙伴对我说："你们家连贫农都够不上！"在家六年，几乎不知肉味，平常吃的是红高粱饼子，白馒头只有大奶奶给吃过。没有钱买盐，只能从盐碱地里挖土煮水腌咸菜。母亲一字不识，一辈子季赵氏，连个名都没有捞上。

我现在一闭眼就看到一个小男孩，在夏天里浑身上下一丝不挂，滚在黄土地里，然后跳入浑浊的小河里去冲洗。再滚，再冲；再冲，再滚。

"难道这就是我吗？"

"不错，这就是你！"

六岁那年，我从那个小村庄里走出，走向通都大邑，一走就走了将近 90 年。我走过阳关大道，也跨过独木小桥。有时候歪打正着，有时候也正打歪着。坎坎坷坷，跌跌撞撞，磕磕碰碰，推推搡搡，云里，雾里。不知不觉就走到了现在的92岁，超过古稀之年20多岁了。岂不大可喜哉！又岂不大可惧哉！我仿佛大梦初觉一样，糊里糊涂地成为一位名人。现在正住在三〇一医院雍容华贵的高干病房里。同我90年前出发时的情况相比，只有李后主的“天上人间”四个字差堪比拟于万一。我不大相信这是真的。

我在上面曾经说到，名利之心，人皆有之。我这样一个平凡的人，有了点名，感到高兴，是人之常情。我只想说一句，我确实没有为了出名而去钻营。我经常说，我少无大志，中无大志，老也无大志，这都是实情。能够有点小名小利，自己也就满足了。可是现在的情况却不是这样子，已经有了几本传记，听说还有人正在写作。至于单篇的文章数量更大。其中说的当然都是好话，当然免不了大量溢美之词。别人写的传记和文章，我基本上都不看。我感谢作者，他们都是一片好心。我经常说，我没有那样好，那是对我的鞭策和鼓励。

我感到惭愧。

常言道，“人怕出名猪怕壮”，一点小小的虚名竟能给我招来这样的麻烦，不身历其境者是不能理解的。麻烦是错综复杂的，我自己也理不出个头绪来。我现在，想到什么就写点什么，绝对是写不全的。首先是出席会议。有些会议同我关系实在不大。但却又非出席不行，据说这涉及会议的规格。在这一顶大帽子下面，我只能勉为其难了。其次是接待来访者，只这一项就头绪万端。老朋友的来访，什么时候都会给我带来欢悦，不在此列。我讲的是陌生人的来访，学校领导在我的大门上贴出布告：谢绝访问。但大多数人却熟视无睹，置之不理，照样大声敲门。外地来的人，其中多半是青年人，不远千里，为了某一些原因，要求见我。如见不到，他们能在门外荷塘旁等上几个小时，甚至住在校外旅店里，每天来我家附近一次。他们来的目的多种多样，但是大体上以想上北大为最多。他们慕北大之名，可惜考试未能及格。他们错认我有无穷无尽的能力和权力，能帮助自己。另外想到北京找工作也有，想找我签个名照张相的也有，这种事情说也说不完。我家里的人告诉他们我不在家，于是我就不敢在临街的屋子里抬头，当然更不敢出门，我成了“囚徒”。其次是来信，我每天都会收到陌生人的几封信。有的也多与求学有关，有极少数的男女大孩子向我诉说思想感情方面的一些问题和困惑。据他们自己说，这些事连自己的父母都没有告诉。我读了真正是万分感动，遍体温暖。我有何德何能，竟能让纯真无邪的大孩子如此信任！据说，外面传说，我每信必复。我最初确实有这样的愿望，但是，时间和精力都有限，只好让李玉洁女士承担写回信的任务，这个任务成了德国人口中常说的“硬核桃”。其次是寄来的稿子，要我“评阅”，提意见，写序言，甚至推荐出版，其中有洋洋数十万言之作。我哪里有能力有时间读这些原稿呢？有时候往旁边一放，为新来的信件所覆盖。过了不知多少时候，原作者来信催还原稿，这却使我作了难，“只在此室中，书深不知处”了。如果原作者只有这么一本原稿，那我的罪孽可就大了。其次是要求写字的人多，求我的“墨宝”，有的是楼台名称，有的是展览会的会名，有的是书名，有的是题词，总之是花样很多。一提“墨宝”，我就汗颜。小时候确实练过字。但是，一入大学，就再没有练过书法，以后长期居住在国外，连笔墨都看不见，何来“墨宝”。现在，到了老年，忽然变成了“书法家”，竟还有人把我的“书法”拿到书展上去示众，我自己都觉得可笑！有比较老实的人，暗示给我：他们所求的不过“季羡林”三个字。这样一来，我的心反而平静了一点，下定决心：你不怕丑，我就敢写。其次是广播电台、电视台，还有一些什么台，以及一些报纸杂志编辑部的录像采访。这使我最感到麻烦。我也会说一些谎话的；但我的本性是有时嘴上没遮掩，有时说溜了嘴，在过去，你还能耍点无赖，硬不承认。今天他们人人手里都有录音机，“君子一言，驷马难追”，同他们订君子协定，答应删掉；但是，多数是原封不动，和盘端出，让你哭笑不得。上面的这一段诉苦已经够长的了，但是还远远不够，苦再诉下去，也了无意义，就此打住。

我虽然有这样多麻烦，但我并没有被麻烦压倒。我照常我行我素，做自己的工作。我一向关心国内外的学术动态。我不厌其烦地鼓励我的学生阅读国内外与自己研究工作有关的学术刊物。一般是浏览，重点必须细读。为学贵在创新。如果连国内外的新都不知道，你的新何从创起？我自己很难到大图书馆看杂志了。幸而承蒙许多学术刊物的主编不弃，定期寄赠。我才得以拜读，了解了不少当前学术研究的情况和结果，不致闭目塞听。我自己的研究工作仍然照常进行。遗憾的是，许多多年来就想研究的大题目，曾经积累过一些材料，现在拿起来一看，顿时想到自己的年龄，只能像玄奘当年那样，叹一口气说：“自量气力，不复办此。”

对当前学术研究的情况，我也有自己的一套看法，仍然是顿悟式地得来的。我觉得，在过去，人文社会科学学者在进行科研工作时，最费时间的工作是搜集资料，往往穷年累月，还难以获得多大成果。现在电子计算机光盘一旦被发明，大部分古籍都已收入。不费吹灰之力，就能涸泽而渔。过去最繁重的工作成为最轻松的了。有人可能掉以轻心，我却有我的忧虑。将来的文章由于资料丰满可能越来越长，而疏漏则可能越来越多。光盘不可能把所有的文献都吸引进去，而且考古发掘还会不时有新的文献呈现出来。这些文献有时候比已有的文献还更重要，万万不能忽视的。好多人都承认，现在学术界急功近利浮躁之风已经有所抬头，剽窃就是其中最显著的表现，这应该引起人们的戒心。我在这里抄一段朱子的话，献给大家。朱子说：“圣贤言语，一步是一步。近来一种议论，只是跳踯。初则两三步作一步，甚则十数步作一步，又甚则千百步作一步。所以学之者皆颠狂。”（《朱子语类》124）愿与大家共勉力戒之。

糊涂一点，潇洒一点

最近一个时期，经常听到人们的劝告：要糊涂一点，要潇洒一点。

关于第一点糊涂问题，我最近写过一篇短文《难得糊涂》。在这里，我把糊涂分为两种，一个叫真糊涂，一个叫假糊涂。普天之下，绝大多数的人，争名于朝，争利于市。尝到一点小甜头，便喜不自胜，手舞足蹈，心花怒放，忘乎所以。碰到一个小钉子，便忧思焚心，眉头紧皱，前途暗淡，哀叹不已。这种人滔滔者天下皆是也。他们是真糊涂，但并不自觉。他们是幸福的，愉快的。愿老天爷再向他们降福。

至于假糊涂或装糊涂，则以郑板桥的“难得糊涂”最为典型。郑板桥一流的人物是一点也不糊涂的。但是现实的情况又迫使他们非假糊涂或装糊涂不行。他们是痛苦的。我祈祷老天爷赐给他们一点真糊涂。

谈到潇洒一点的问题，首先必须对这个词儿进行一点解释。这个词儿圆融无碍，谁一看就懂，再一追问就糊涂。给这样一个词儿下定义，是超出我的能力的。还是查一下词典好。《现代汉语词典》的解释是：“（神情、举止、风貌等）自然大方，有韵致，不拘束。”看了这个解释，我吓了一跳。什么“神情”，什么“风貌”，又是什么“韵致”，全是些抽象的东西，让人无法把握。这怎么能同我平常理解和使用的“潇洒”挂上钩呢？我是主张模糊语言的，现在就让“潇洒”这个词儿模糊一下吧。我想到中国六朝时代一些名士的举动，特别是《世说新语》等书所记载的，比如刘伶的“死便埋我”，什么雪夜访戴等，应该算是“潇洒”吧。可我立刻又想到，这些名士，表面上潇洒，实际上心中如焚，时时刻刻担心自己的脑袋。有的还终于逃不过去，嵇康就是一个著名的例子。

写到这里，我的思维活动又逼迫我把“潇洒”，也像糊涂一样，分为两类：一真一假。六朝人的潇洒是装出来的，因而是假的。

这些事情已经“俱往矣”，不大容易了解清楚。我举一个现代的例子。20 世纪 30 年代，我在清华读书的时候，一位教授（姑隐其名）总想充当一下名士，潇洒一番。冬天，他穿上锦缎棉袍，下面穿的是锦缎棉裤，用两条彩色丝带把棉裤紧紧地系在腿的下部。头上头发也故意不梳得油光发亮。他就这样飘飘然走进课堂，顾影自怜，大概十分满意。在学生们眼中，他这种矫揉造作的潇洒，却是丑态可掬，辜负了他一番苦心。

同这位教授唱对台戏的——当然不是有意的——是俞平伯先生。有一天，平伯先生把脑袋剃了个精光，高视阔步，昂然从城内的住处出来，走进了清华园。园内几千人中这是唯一的一个精光的脑袋，见者无不骇怪，指指点点，窃窃私语，而平伯先生则全然置之不理，照样登上讲台，高声朗诵宋代名词，摇头晃脑，怡然自得。朗诵完了，连声高呼：“好！好！

就是好！”此外再没有别的话说。古人说：“是真名士自风流。”同那位教英文的教授一比，谁是真风流，谁是假风流；谁是真潇洒，谁是假潇洒，昭然呈现于光天化日之下。

这一个小例子，并没有什么深文奥义，只不过是想辨真伪而已。

为什么人们提倡糊涂一点，潇洒一点呢？我个人觉得，这能提高人们的和为贵的精神，大大地有利于安定团结。

写到这里，这一篇短文可以说是已经写完了。但是，我还想加上一点我个人的想法。

当前，我国举国上下，争分夺秒，奋发图强，巩固我们的政治，发展我们的经济，期能在预期的时间内建成名副其实的小康社会。哪里容得半点糊涂、半点潇洒！但是，我们中国人一向是按照辩证法的规律行动的。古人说：“文武之道，一张一弛。”有张无弛不行，有弛无张也不行。张弛结合，斯乃正道。提倡糊涂一点，潇洒一点，正是为了达到这个目的的。

第四章

面对真实的自己

我主张，一个人一生是什么样子，年轻时怎样，中年怎样，老年又怎样，都应该如实地表达出来。

做真实的自己

在人的一生中，思想感情的变化总是难免的。连寿命比较短的人都无不如此，何况像我这样寿登耄耋的老人！

我们舞笔弄墨的所谓“文人”，这种变化必然表现在文章中。到了老年，如果想出文集的话，怎样来处理这样一些思想感情前后有矛盾，甚至天翻地覆的矛盾的文章呢？这里就有两种办法。在过去，有一些文人，悔其少作，竭力掩盖自己幼年挂屁股帘的形象，尽量删削年轻时的文章，使自己成为一个一生一贯正确，思想感情总是前后一致的人。

我个人不赞成这种做法,认为这有点作伪的嫌疑。我主张，一个人一生是什么样子,年轻时怎样,中年怎样,老年又怎样，都应该如实地表达出来。在某一阶段上，自己的思想感情有了偏颇,甚至错误,绝不应加以掩饰,而应该堂堂正正地承认。这样的文章绝不应任意删削或者干脆抽掉，而应该完整地加以保留，以存真相。

在我的散文和杂文中，我的思想感情前后矛盾的现象，是颇能找出一些来的。比如对中国社会某一个阶段的歌颂，对某一个人的崇拜与歌颂，在写作的当时，我是真诚的；后来感到一点失望，我也是真诚的。这些文章，我都毫不删改，统统保留下来。不管现在看起来是多么幼稚，甚至多么荒谬，我都不加掩饰，目的仍然是存真。

像我这样性格的一个人，我是颇有点自知之明的。我离一个社会活动家，是有相当大的距离的。我本来希望像我的老师陈寅恪先生那样，淡泊以明志，宁静以致远，不求闻达，毕生从事学术研究，又绝不是不关心国家大事，绝不是不爱国，那不是中国知识分子的传统。然而阴错阳差，我成了现在这样一个人。应景文章不能不写，写序也推托不掉，“春花秋月何时了，开会知多少”，会也不得不开。事与愿违，尘根难断，自己已垂垂老矣，改弦更张，只有俟诸来生了。

这与我写一些文章有关。因写《后记》，触发了我的感慨，所以就加了这样一条尾巴。

漫谈撒谎

世界上所有的堂堂正正的宗教，以及古往今来的贤人哲士，无不教导人们：要说实话，不要撒谎。笼统来说，这是无可非议的。

最近读日本稻盛和夫、梅原猛著，卞立强译的《回归哲学》第四章，梅原和稻盛两人关于不撒谎的议论。梅原说："不撒谎是最起码的道德。自己说过的事要实行，如果错了就说错了——我希望现在的领导人能做到这样最普通的事。苏格拉底可以说是最早的哲学家，在苏格拉底之前有些人自称是诡辩家、智者。所谓诡辩家，就是能把白的说成黑的，站在A方或反A方同样都可以辩论。这样的诡辩家教授辩论术，曾经博得人们欢迎。原因是政治需要颠倒黑白的辩论术。”

在这里，我想先对梅原的话加上一点注解。他所说的“现在的领导人”，指的是像日本这样国家的政客。他所说的“政治需要颠倒黑白的辩论术”，指的是古代希腊的政治。

梅原在下面又说：“苏格拉底通过对话揭露了掌握这种辩论术的诡辩家的无智。因而他宣称自己不是诡辩家，不是智者，而是‘爱智者’。这是最初的哲学。我认为哲学家应当回归其原点，恢复语言的权威。也就是说，道德的原点是‘不撒谎’。……不撒谎是道德的基本和核心。”

梅原把“不撒谎”提高到“道德原点”的高度，可见他对这个问题是多么重视。我们且看一看他的对话者稻盛是怎样对待这个问题的。稻盛首先表示同意梅原的意见。可是，随后他就撒谎问题做了一些具体的分析。他讲到自己的经历，他说，有一个他敬仰的颇有点浪漫气息的人对他说：“稻盛，不能说假话，但也不必说真话。”他听了这话，简直高兴得要跳起来。接着他就写了下面一段话：“我从小父母也是严格教导我不准撒谎。我当上了经营的负责人之后，心里还是这么想：说谎可不行啊！可是，在经营上有关企业的机密和人事等问题，有时会出现很难说真话的情况。我想我大概是为这些难题苦恼时而跟他商量的。他的这种回答在最低限度上贯彻了‘不撒谎’的态度，但又不把真实情况和盘托出，这样就可以求得局面的打开。”

上面我引用了两位日本朋友的话，一位是著名的文学家，一位是著名的企业家。他们俩都在各自的行当内经过了多年的考验与磨炼，都富于人生经验。他们的话对我们会有启发的。我个人觉得，稻盛引用的他那位朋友的话：“不能说假话，但也不必说真话！”最值得我们深思。我的意思就是，对撒谎这类的社会现象，我们要进行细致的分析。

我们中国的父母，同日本稻盛的父母一样，也总是教导子女：不要撒谎。可怜天下父母心，总希望自己的子女能做一个堂堂正正的人，一个诚实可靠的人。如果子女撒谎成性，就觉得自己脸面无光。

不但父母这样教导，我们从小受教育也接受这种要诚实、不撒谎的教育。我记得小学教科书上讲了一个故事，内容是：一个牧童在村外牧羊，有一天忽然想出了一个坏点子，大声狂呼："狼来了！"村里的人听到呼声，都争先恐后地拿上棍棒，带上斧刀，跑往村外，到了牧童所在的地方，那牧童却哈哈大笑，看到别人慌里慌张，觉得很开心，又很得意。谁料过了不久，果真有狼来了，牧童再狂呼时，村里的人却毫无动静，他们上当受骗一次，不想再重蹈覆辙。牧童的结果怎样，就用不着再说了。

所有这一些教导都是好的，但是也有一个共同的缺点，就是缺乏分析。

上面我说到，稻盛对撒谎问题是进行过一些分析的。同样，几百年前的法国大散文家蒙田，对撒谎问题也是做过分析的。在《蒙田随笔》上卷第九章《论撒谎者》，蒙田写道："有人说，感到自己记性不好的人，休想成为撒谎者，这样说不无道理。我知道，语法学家对说假话和撒谎是做区别的。他们说，说假话是指说不真实的，但却信以为真的事，而撒谎一词源于拉丁语（我们的法语就源于拉丁语）。这个词的定义包含违背良知的意思，因此只涉及那些言与心违的人。"

大家一琢磨就能够发现，同样是分析，但日本朋友和蒙田的着眼点和出发点，都是不同的。其间区别是相当明显的，用不着再来啰唆。

记得鲁迅先生有一篇文章，讲的是一个阔人生子庆祝，宾客盈门，竞相献媚。有人说，此子将来必大富大贵，主人喜上眉梢。又有人说，此子将来必长命百岁，主人乐在心头。忽然有一个人说，此子将来必死，主人怒不可遏。但是，究竟谁说的是实话呢?

写到这里，我自己想对撒谎问题来进行点分析。我觉得，德国人很聪明，他们有一个词儿 notluege，意思是“出于礼貌而不得不撒的谎”。一般说来，不撒谎应该算是一种美德，我们应该提倡。但是不能顽固不化。假如你被敌人抓了去，完全说实话是不道德的，而撒谎则是道德的。打仗也一样。我们古人说“兵不厌诈”，你能说这是不道德吗?我想，举了这两个小例子，大家就可以举一反三了。

谦虚与虚伪

在伦理道德的范畴中，谦虚一向被认为是美德，应该扬。而虚伪则一向被认为是恶习，应该抑。

然而，究其实际，两者间有时并非泾渭分明，其区别间不容发。谦虚稍一过头，就会成为虚伪。我想，每个人都会有这种体会的。

在世界文明古国中，中国是提倡谦虚最早的国家。在中国最古的经典之一的《尚书·大禹谟》中就已经有了“满招损，谦受益，时(是)乃天道”这样的教导，把自满与谦虚提高到“天道”的水平，可谓高矣。从那以后，历代的圣贤无不张皇谦虚，贬抑自满。一直到今天，我们常用的词汇中仍然有一大批与“谦”字有联系的词儿，比如“谦卑”“谦恭”“谦和”“谦谦君子”“谦让”“谦顺”“谦虚”“谦逊”，等等，可见“谦”字之深入人心，久而愈彰。

我认为，我们应当提倡真诚的谦虚，而避免虚伪的谦虚，后者与虚伪间不容发矣。

可是在这里我们就遇到了一个拦路虎：什么叫“真诚的谦虚”呢？什么又叫“虚伪的谦虚”？两者之间并非泾渭分明，简直可以说是因人而异，因地而异，因时而异，掌握一个正确的分寸难于上青天。

最突出的是因地而异，“地”指的首先是东方和西方。在东方，比如说中国和日本，提到自己的文章或著作，必须说是“拙作”或“拙文”。在西方各国语言中是找不到相当的词儿的，尤有甚者，甚至可能产生误会。中国人请客，发请柬必须说“洁治菲酌”，不了解东方习惯的西方人就会满腹疑团：为什么单单用“不丰盛的宴席”来请客呢？日本人送人礼品，往往写上“粗品”二字，西方人又会问：为什么不用“精品”来送人呢？在西方，对老师，对朋友，必须说真话，会多少，就说多少。如果你说，这个只会一点点儿，那个只会一星星儿，他们就会信以为真。在东方则不会，这有时会很危险的。至于吹牛之流，则为东西方同样所不齿，不在话下。

可是怎样掌握这个分寸呢？我认为，在这里，真诚是第一标准。虚怀若谷，如果是真诚的话，它会促你永远学习，永远进步。有的人永远“自我感觉良好”，这种人往往不能进步。康有为是一个著名的例子。他自称，年届而立，天下学问无不掌握。结果说康有为是一个革新家则可，说他是一个学问家则不可。较之乾嘉诸大师，甚至清末民初诸大师，包括他的弟子梁启超在内，他在学术上是没有建树的。

总之，谦虚是美德，但必须掌握分寸，注意东西。在东方谦虚涵盖的范围广，不能施之于西方，此不可不注意者。然而，不管东方或西方，必须出之以真诚，有意的过分的谦虚就等于虚伪。

回　忆

回忆很不好说，究竟什么才算是回忆呢？我们时时刻刻沿了人生的路向前走着，时时刻刻有东西映入我们的眼里。——如现在吧，我一抬头就可以看到清浅的水在水仙花盆里反射的冷光，漫在水里的石子的晕红和翠绿，茶杯里残茶在软柔的灯光下照出的几点金星。但是，一转眼，眼前的这一切，早跳入我的意想里，成轻烟，成细雾，成淡淡的影子，再看起来，想起来，说起来的话，就算是我的回忆了。

只说眼前这一步，只有这一点淡淡的影子，自然是迷离的。但是我自从踏到世界上来，走过不知多少的路。回望过去的茫茫里，有着我的足迹叠成的一条白线，一直引到现在，而且还要引上去。我走过都市的路，看尘烟缭绕在栉比的高屋的顶上。我走过乡村的路，看似水的流云笼罩着远村，看金海似的麦浪。我走过其他许许多多的路，看红的梅，白的雪，潋滟的流水，十里稷稷的松壑，死人的蜡黄的面色，小孩充满了生命力的踊跃。我在一条路上接触到种种的面影，熟悉的，不熟悉的。这一切的一切都在我走着的时候，蓦地成轻烟，成细雾，成淡淡的影子，储在我的回忆里。有的也就被埋在回忆的暗陬里，忘了。当我转向另一条路的时候，随时又有新的东西，另有一群面影凑集在我的眼前。蓦地又成轻烟，成细雾，成淡淡的影子，移入我的回忆里，自然也有的被埋在暗陬里，忘了。新的影子挤入来，又有旧的被挤到不知什么地方去幻灭，有的简直就被挤了出去。以后，当另一群更新的影子挤进来的时候，这新的也就追踪了旧的命运。就这样，挤出，挤进，一直到现在。我的回忆里残留着各样的影子、色彩，分不清先先后后，萦混成一团了。

我就带着这萦混的一团从过去的茫茫里走上来。现在抬头就可以看到水仙花盆里反射的水的冷光，水里石子的晕红和翠绿，残茶在灯下照出的几点金星。自然，前面已经说过，这些都要倏地变成影子，移入回忆里，移入这萦混的一团里，但是在未移动以前，这萦混的一团影子说不定就在我的脑海里浮动起来，我就自然陷入回忆里去了——陷入回忆里去，其实是很不费力的事。我面对着当前的事物。不知怎的，迷离里忽然电光似的一掣，立刻有灰蒙蒙的一片展开在我的意想里，仿佛是空空的，没有什么，但随便我想到曾经见过的什么，立刻便有影子浮现出来。跟着来的还不止一个影子，两个，三个，多，更多了。影子在穿梭，在萦混。又仿佛电光似的一掣，我又顺着一条线回忆下去——比如回忆到故乡里的秋吧。先仿佛看到满场里乱摊着的谷子，黄黄的。再看到左右摆动的老牛的头，飘浮着云烟的田野，屋后银白的一片荻芦。再沉一下心，还仿佛能听到老牛的喘气，柳树顶蝉的曳长了的鸣声。豆荚在日光下毕剥的炸裂声。蓦地，有如阴云漫过了田野，只在我的意想里一恍，在故乡里的这些秋的影子上面，又挤进来别的影子了——红的梅，白的雪，潋滟的流水，十里稷稷的松壑，死人的蜡黄的面色，小孩充满了生命力的踊跃。同时，老牛的影，芦花的影，田野的影，也站在我的心里的一个角隅里。这许多的影子掩映着，混起来。我再不能顺着刚才的那条线想下去。又有许多别的历乱的影子在我的意念里跳动。电光石火间，眩了我的眼睛。终于我一无所见，一无所忆。仍然展开了灰蒙蒙的一片，空空的，什么也没有。我的回忆也就停止了。

我的回忆停止了，但是绝不能就这样停止下去的。我仍然说，我们时时刻刻沿着人生的路向前走着，时时刻刻就有回忆萦绕着我们。——再说到现在吧。灯光平流到我面前的桌上，书页映出了参差的黑影，看到这黑影，我立刻想到在过去不知什么时候看过的远山的淡影。玻璃杯反射着清光。看了这清光，我立刻想到月明下千里的积雪。我正写着字。看了这一颗颗的字，也使我想到阶下的蚁群……倘若再沉一下心，我可以想到过去在某处见过这样的山的淡影。在另一个地方也见过这样的影子，纷纷的一团。于是想了开去，想到同这影子差不多的影子。纷纷的一团。于是又想了开去，仍然是纷纷的一团影子。但是同这山的淡影，同这书页映出的参差的黑影却没有一点关系了。这些影子还没幻灭的时候，又有别的影子隐现在它们后面，朦胧，暗淡，有着各样的色彩。再往里看，又有一层影子隐现在这些影子后面，更朦胧，更暗淡，色彩也更繁复。……一层，一层，看上去，没有完。越远越暗淡了下去。到最后，只剩了那么一点绰绰的形象。就这样，在我的回忆里，一层一层地，这许许多多的影子、色彩，分不清先先后后，又萦混成一团了。

我仍然带了这萦混的一团影子走上去。倘若要问：这些影子都在什么地方呢？我却说不清了。往往是这样，一闭眼，先是暗冥冥的一片，再一看，里面就有影子。但再问：这暗冥冥的一片在什么地方呢？恐怕只有天知道吧。当我注视着一件东西发愣的时候，这些影子往往就叠在我眼前的东西上。在不经意的时候，我常把母亲的面影叠在茶杯上。把忘记在什么时候看见的一条长长的伸到水里去的小路叠在HÖlderlin的全集上，把一树灿烂的海棠花叠在盛着花的土盆上，把大明湖里的塔影叠在桌上铺着的晶莹的清玻璃上，把晚秋黄昏的一天暮鸦叠在墙角的蜘蛛网上，把夏天里烈日下的火红的花团叠在窗外草地上半甯着的白雪上……然而，只要一经意，这些影子立刻又水纹似的幻化开去。同了这茶杯的，这 HÖlderlin 全集的，这土盆的，这清玻璃的，这蜘蛛网的，这白雪的，影子，跳入我的回忆里，在将来的不知什么时候，又要叠在另一些放在我眼前的东西上了。

将来还没有来，而且也不好说。但是，我们眼前的路不正引向将来去吗？我看过了清浅的水在水仙花盆里反射的冷光，映在水里的石子的晕红和翠绿，残茶在软柔的灯光下照出的那几点金星。也看过了茶杯，HÖlderlin 全集，土盆，清玻璃，蜘蛛网，白雪，第二天我自然看到另一些新的东西，第三天我自然看到另一些更新的东西。第四天，第五天……看到的东西多起来，这些东西都要倏地成轻烟，成细雾，成淡淡的影子，储在我的回忆里吧。这一团萦混的影子，也要更萦混了。等我不能再走、不能再看的时候，这一团也随了我走应当走的最后路。然而这时候，我却将一无所见，一无所忆。这一团影子幻失到什么地方去了呢？随了大明湖里的倒影飘散到迷茫里去了吗？随了远山的淡霭被吸入金色的黄昏里去了吗？说不清，而且也不必说。——反正我有过回忆了。我还希望什么呢？

寂　寞

寂寞像大毒蛇，盘住了我整个的心，我自己也奇怪：几天前喧腾的笑声现在还萦绕在耳际，我竟然给寂寞克服了吗？

但是，克服了，是真的，奇怪又有什么用呢？笑声虽然萦绕在耳际，早已恍如梦中的追忆了，我只有一颗心，空虚寂寞的心被安放在一个长方形的小屋里。我看四壁，四壁冰冷像石板，书架上一行行排列着的书，都像一行行的石块，床上棉被和大衣的折纹也都变成雕刻家手下的作品了，死寂，一切死寂，更死寂的却是我的心——我到了庞培（Pompeii）了吗？不，我自己证明没有，隔了窗子，我还可以看见袅动的烟缕，虽然还在袅动，但是又是怎样地微弱呢，——我到了西敏斯大寺（Westminster Abbey）了吗？我自己又证明没有，我看不到阴森的长廊，看不到诗人的墓圹，我只是被装在一个长方形的小屋里，四周圈着冰冷的石板似的墙壁，我究竟在什么地方呢？桌子上那两盆草的嫩绿的枝条，反射在镜子里的影子，我透过玻璃杯看到的淡淡的影子；反射在电镀过的小钟座上的影子，在平常总轻轻地笼罩上一层绿雾，不是很美丽有生气的吗？为什么也变成浮雕般呆僵不动呢？——一切完了，一切都给寂寞吞噬了，寂寞凝定在墙上挂的相片上，凝定在屋角的蜘蛛网上，凝定在镜子里我自己的影子上……

一切都真的给寂寞吞噬了吗？不，还有我自己，我试着抬一抬胳膊，还能抬得起，我摆了摆头，镜子里的影子也还随着动，我自己问：是谁把我放在这里的呢？是我自己，现在我才发现，就是自己，我能逃……

我能逃，然而，寂寞又跟上我了呀！在平常我们跑着百米抢书的图书馆，不是很热闹的吗？现在为什么也这样冷清呢？我从这头看到那头，像看到一个朦胧的残梦，淡黄的阳光从窗子里穿进来造成一条光的路，又射在光滑的桌面上，不耀眼，不辉腾，只是死死地贴在桌上，像——像什么呢？我不愿意说，像乡间黑漆棺材上贴的金边，寥寥的几个看书的，错落地散坐着，使我想起月明夜天空的星子，但也都石像似的坐着，不响也不动，是人吗？不是，我左右看全不像，像木乃伊？又不像，因为我闻不到木乃伊应该有的那种香味，像死尸？有点，但也不全像，——我看到他们僵坐的姿势了；我看到他们一个个翻着的死白的眼了，我现在知道他们像什么，像鱼市里的死鱼，一堆堆地排列着，鼓着肚皮，翻着白眼，可怕！然而我能逃，然而寂寞又跟上了我，我向哪里逃呢？

到了世界的末日了吗？世界的末日，多可怕！以前我曾自己想象，自己是世界上最后的一个生物，因了这无谓的想象，我流过不知多少汗，但是现在却真叫我尝到这个滋味了，天空倒挂着，像个盆，远处的西山，近处的楼台，都仿佛剪影似的贴在这灰白盆底上。小鸟缩着脖子站在土山上，不动，像博物馆里的标本，流水在冰下低缓地唱着丧歌，天空里破絮似的云片，看来像一贴贴的膏药，糊在我这寂寞的心上，枯枝丫杈着，看来像鱼刺，也刺着我这寂寞的心。

但是，我在身旁发现有人影在游动了，我知道，我自己不是世界上最后的生物，我在内心浮起一丝笑意，但是（又是但是）没等这笑意浮到脸上，我又看到我身旁的人也同样翻着死白的眼，像木乃伊？像僵尸？像鱼市上陈列的死鱼？谁耐心去管，战栗通过了我全身，我想逃，寂寞驱逐着我，我想逃，向哪里逃呢？——天哪！我不知道向哪里逃了。

夜来了，随了夜来的是更多的寂寞，当我从外面走回宿舍的时候，四周死一般沉寂，但总仿佛有窸窣的脚步声绕在我四围。说声，其实哪里有什么声呢？只是我觉得有什么东西跟着我而已，倘若在白天，我一定说这是影子；倘若睡着了，我一定说这是梦，究竟是什么呢？我知道，这是寂寞，从远处我看到压在黑暗的夜色下面的宿舍，以前不是每个窗子都射出温热的软光来吗？但是，变了，一切变了，大半的窗子都黑黑的，闭着寥寥的几个窗子，无力地迸射出几条光线来，又都是怎样暗淡灰白呢？——不，这不是窗子里射出来的灯光，这是墓地里的鬼火，这是魔窟里发出的魔光，我是到了鬼影幢幢的世界里了，我自己也成了鬼影了。

我平卧在床上，让柔弱的灯光流在我身上，让寂寞在我四周跳动，静听着远处传来的跫跫的足音，隐隐地，细细弱弱到听不清，听不见了，这声音从哪里传来的呢？是从辽远又辽远的国土里呀！是从寂寞的大沙漠里呀！但是，又像比辽远的国土更辽远；我的小屋是坟墓，这声音是从墓外过路人的脚下踢出来的呀！离这里多远呢？想象不出，也不能想象，望吧！是一片茫茫的白海流布在中间，海里是什么呢？是寂寞。

隔了窗子，外面是死寂的夜，从蒙翳的玻璃里看出去，不见灯光；不见一切东西的清晰的轮廓，只是黑暗，在黑暗里的迷离的树影，丫杈着，刺着暗灰的天，在三个月前，这秃光的枯枝上，有过一串串的叶子，在萧瑟的秋风里打战，又罩上一层淡淡的黄雾。再往前，在五六个月以前吧，同样的这枯枝上织一丛丛的茂密的绿，在雨里凝成浓翠；在毒阳下闪着金光，倘若再往前推，在春天里，这枯枝上嵌着一颗颗火星似的红花，远处看，辉耀着，像火焰，——但是，一转眼，溜到现在，现在怎样了呢？变了，全变了，只剩了秃光的枯枝，刺着天空，把小小的温热的生命力蕴蓄在这枯枝的中心，外面披上这层刚劲的皮，忍受着北风的狂吹；忍受着白雪的凝固；忍受着寂寞的来袭，同我一样。它也该同我一样切盼着春的来临，切盼着寂寞的退走吧。春什么时候会来呢？寂寞什么时候会走呢？这漫漫的长长的夜，这漫漫的更长的冬……

温馨，家庭不可或缺的气氛

大千世界，芸芸众生，除了看破红尘出家当和尚的以外，每一个人都会有一个家。一提到家，人们会不由自主地漾起一点温暖之意，一丝幸福之感。

不这样也是不可能的。不管是单职工还是双职工，白天在政府机构、学校、公司、工厂、商店等五花八门的场所工作劳动；不管是脑力劳动，还是体力劳动，都会付出巨大的力量，应付错综复杂的局面，会见性格各异的人物，有时会弄得筋疲力尽。有道是："不如意事常八九。"哪里事事都会让你称心如意呢？到了下班以后，有如倦鸟还巢一般，带着一身疲惫，满怀喜悦，回到自己家里。这是一个真正的安身立命之处，在这里人们主要祈求的就是温馨。有父母的，向老人问寒问暖，老少都感到温馨；有子女的，同孩子谈上几句，亲子都感到温馨；夫妻说上几句悄悄话，男女都感到温馨。当是时也，白天一天操劳身心两方面的倦意，间或有心中的愤懑，工作中或竞争中偶尔的挫折，在处理事务中或人际关系中碰的一点小钉子，如此等等，都会烟消云散，代之而兴的是融融的愉悦。总之，感到的是不能用任何语言表达的温馨。

你还可以便装野服，落拓形迹。白天在外面有时不得不戴着的假面具，完全可以甩掉。有时不得不装腔作势，以求得能适应应对进退的所谓礼貌，也统统可以丢开，还你一个本来面目，圆通无碍，纯然真我。天下之乐宁有过于此者乎？所有这一切都来自家庭中真正的温馨。

但是，是不是每一个家庭都是温馨天成、唾手可得呢？不，不，绝不是的。家庭中虽有夫妻关系、亲子关系、血缘关系，但是，所有这一些关系，都不能保证温馨气氛必然出现。俗话说，锅碗瓢盆都会相撞。每个人的脾气不一样，爱好不一样，习惯不一样，信念不一样，而且人是活人，喜怒哀乐，时有突变的情况，情绪也有不稳定的时候，特别是在自己的亲人面前，更容易表露出来。有时候为一点芝麻绿豆大的小事，也会意见相左，处理不得法，也能产生龃龉。天天耳鬓厮磨，谁也不敢保证这种情况不会发生。

那么，我们应当怎么办呢？就我个人来看，处理这样清官难断的家务事，说难极难，说不难也颇易。只要能做到“真”“忍”二字，虽不中，不远矣。“真”者，真情也；“忍”者，容忍也。我归纳成了几句顺口溜：相互恩爱，相互诚恳，相互理解，相互容忍，出以真情，不杂私心，家庭和睦，其乐无垠。

有人可能不理解，我为什么把容忍强调到这样的高度。要知道，容忍是中华美德之一。我们的往圣先贤，大多教导我们要容忍。民间谚语中，也有不少容忍的内容，教人忍让。有的说法，看似消极，实有积极意义，比如“忍辱负重”，韩信就是一个有名的例子。《唐书》记载，张公艺九世同居，唐高宗问他睦族之道，公艺提笔写了一百多个“忍”字递给皇帝。从那以后，姓张的多自命为“百忍家声”。佛家也十分强调忍辱之要义，经中有很多忍辱仙人的故事。常言道：“小不忍则乱大谋。”在家庭中则是“小不忍则乱家庭”。夫妻、父母、子女之间，有时难免有不同的意见，如果一方发点小脾气，你让他（她）一下，风暴便可平息。等到他（她）心态平衡以后，自己会认错的。此时，如果你也不冷静，火冒三丈，轻则动嘴，重则动手，最终可能告到法庭，宣判离婚，岂不大可哀哉！父母兄弟姊妹之间，也有同样的情况。结果，一个好端端的家庭，会弄得分崩离析。这轻则会影响你暂时的情绪，重则影响你的生命前途。难道我这是危言耸听吗？

总之，温馨是家庭不可或缺的气氛，而温馨则是需要培养的。培养之道，不出两端，一真一忍而已。

我写我

我写我，真是一个绝妙的题目；但是，我的文章却不一定妙，甚至很不妙。

每一个人都有一个“我”，二者亲密无间，因为实际上是一个东西。按理说，人对自己的“我”应该是十分了解的；然而，事实上却不尽然。依我看，大部分人是不了解自己的，都是自视过高的。这在人类历史上竟成了一个哲学上的大问题。否则古希腊哲人发出狮子吼：“要认识你自己！”岂不成了一句空话吗？

我认为，我是认识自己的，换句话说，是有点自知之明的。我经常像鲁迅先生说的那样剖析自己。然而结果并不美妙，我剖析得有点过了头，我的自知之明过了头，有时候真感到自己一无是处。

这表现在什么地方呢？

拿写文章做一个例子。专就学术文章而言，我并不认为“文章是自己的好”。我真正满意的学术论文并不多。反而别人的学术文章，包括一些青年后辈的文章在内，我觉得是好的。为什么会出现这种心情呢？我还没得到答案。

再谈文学作品。在中学时候，虽然小伙伴们曾赠我一个“诗人”的绰号，实际上我没有认真写过诗。至于散文，则是写的，而且已经写了 60 多年。加起来也有七八十万字了。然而自己真正满意的也屈指可数。在另一方面，别人的散文就真正觉得好的也十分有限。这又是什么原因呢？我也还没得到答案。

在品行的好坏方面，我有自己的看法。什么叫好？什么又叫坏？我不通伦理学，没有深邃的理论，我只能讲几句大白话。我认为，只替自己着想，只考虑个人利益，就是坏。反之能替别人着想，考虑别人的利益，就是好。为自己着想和为别人着想，后者能超过一半，他就是好人。低于一半，则是不好的人；低得过多，则是坏人。

拿这个尺度来衡量一下自己，我只能承认自己是一个好人。我尽管有不少的私心杂念，但是总的来看，我考虑别人的利益还是多于一半的。至于说真话与说谎，这当然也是衡量品行的一个标准。我说过不少谎话，因为非此则不能生存。但是我还是敢于讲真话的。我的真话总是大大地超过谎话。因此我是一个好人。

我这样一个自命为好人的人，生活情趣怎样呢？我是一个感情充沛的人，也是兴趣不少的人。然而事实上生活了 80 年以后，到头来自己都感到自己枯燥乏味，干干巴巴，好像是一棵枯树，只有树干和树枝，而没有一朵鲜花，一片绿叶。自己搞的所谓学问，别人称之为“天书”。自己写的一些专门的学术著作，别人视之为神秘。年届耄耋，过去也曾有过一些幻想，想在生活方面改弦更张，减少一点枯燥，增添一点滋润，在枯枝粗干上开出一点鲜花，长上一点绿叶；然而直到今天，仍然是忙忙碌碌，有时候整天连轴转，“为他人作嫁衣裳”，而且退休无日，路穷有期，可叹亦复可笑！

我这一生，同别人差不多，阳关大道，独木小桥，都走过跨过。坎坎坷坷，弯弯曲曲，一路走了过来。我不能不承认，我运气不错，所得到的成功，所获得的虚名，都有点名不副实。在另一方面，我的倒霉也有非常人所可得者。在那骇人听闻的所谓什么“大革命”中，因为敢于仗义执言，几乎把老命赔上。皮肉之苦也是永世难忘的。

现在，我的人生之旅快到终点了。我常常回忆 80 年来的历程，感慨万端。我曾问过自己一个问题：如果真有那么一个造物主，要加恩于我，让我下一辈子还转生为人，我是不是还走今生走的这一条路？经过了一些思虑，我的回答是：还要走这一条路。但是有一个附带条件：让我的脸皮厚一些，让我的心黑一点，让我考虑自己的利益多一点，让我自知之明少一点。

爱 情

一

人们常说，爱情是文艺创作的永恒的主题。不同意这个意见的人，恐怕是不多的。爱情同时也是人生不可缺少的东西，即使后来出家当了和尚，与爱情完全“拜拜”；在这之前也曾蹚过爱河，受过爱情的洗礼，有名的例子不必向古代去搜求，近代的苏曼殊和弘一法师就摆在眼前。

可是为什么我写“人生漫谈”已经写了 30 多篇，还没有碰爱情这个题目呢？难道爱情在人生中不重要吗？非也。只因它太重要，太普遍，但却又太神秘，太玄乎，我因而不敢去碰它。

中国俗话说：“丑媳妇迟早要见公婆的。”我迟早也必须写关于爱情的漫谈的。现在，适逢有一个机会，我正读法国大散文家蒙田的随笔《论友谊》这一篇，里面谈到了爱情。我干脆抄上几段，加以引申发挥，借他人的杯，装自己的酒，以了此一段公案。以后倘有更高更深刻的领悟，还会再写的。

蒙田说：我们不可能将爱情放在友谊的位置上。“我承认，爱情之火更活跃，更激烈，更灼热……但爱情是一种朝三暮四、变化无常的感情，它狂热冲动，时高时低，忽冷忽热，把我们系于一发之上。而友谊是一种普遍和通用的热情。……再者，爱情不过是一种疯狂的欲望，越是躲避的东西越要追求。……爱情一旦进入友谊阶段，也就是说，进入意愿相投的阶段，它就会衰弱和消逝。爱情是以身体的快感为目的，一旦享有了，就不复存在。”

总之，在蒙田眼中，爱情比不上友谊，不是什么好东西。我个人觉得，蒙田的话虽然说得太激烈，太偏颇，太极端；

然而我们却不能不承认，它有合理的实事求是的一方面。

根据我个人的观察与思考，我觉得，世人对爱情的态度可以笼统分为两大流派：一派是现实主义，一派是理想主义。蒙田显然属于现实主义，他没有把爱情神秘化、理想化。如果他是一个诗人的话，他也绝不会像一大群理想主义的诗人那样，写出些卿卿我我、鸳鸯蝴蝶，有时候甚至拿肉麻当有趣的诗篇，令普天下的才子佳人们击节赞赏。他干净利落地直言不讳，把爱情说成是“朝三暮四、变化无常的感情”。对某一些高人雅士来说，这实在有点大煞风景，仿佛在佛头上着粪一样。

我不才，窃自附于现实主义一派。我与蒙田也有不同之处：我认为，在爱情的某一个阶段上，可能有纯真之处。否则就无法解释，据说日本青年恋人在相爱达到最高潮时有的就双双跳入火山口中，让他们的爱情永垂不朽。

二

像这样的情况，在日本恐怕也是极少极少的。在别的国家，则未闻之也。

当然,在别的国家也并不缺少歌颂纯真爱情的诗篇、戏剧、小说，以及民间传说。莎士比亚的《罗密欧与朱丽叶》，中国的《梁山伯与祝英台》是世所周知的。谁能怀疑这种爱情的纯真呢？专就中国来说，民间类似梁祝爱情的传说，还能够举出不少来。至于“誓死不嫁”和“誓死不娶”的真实的故事，则所在多有。这样一来，爱情似乎真同蒙田的说法完全相违，纯真圣洁得不得了啦。

我在这里想分析一个有名的爱情的案例，这就是杨贵妃和唐玄宗的爱情故事，这是一个古今艳称的故事。唐代大诗人白居易的《长恨歌》歌颂的就是这个爱情故事。你看，唐玄宗失掉了杨贵妃以后，他是多么想念，多么情深：“夕殿萤飞思悄然，孤灯挑尽未成眠。”这首诗歌最后两句是：“天长地久有时尽，此恨绵绵无绝期。”写得多么动人心魄，多么令人同情，好像他们两人之间的爱情真正纯真到了无以复加的程度。但是，常识告诉我们，爱情是有排他性的，真正的爱情不容有一个第三者。可是唐玄宗怎样呢？“后宫佳丽三千人”，小老婆真够多的。即使是“三千宠爱在一身”，这“在一身”能可靠吗？白居易以唐代臣子，竟敢乱谈天子宫闱中事，这在明清是绝对办不到的。这先不去说它，白居易真正头脑简单到相信这爱情是纯真的才加以歌颂吗？抑或另有别的原因？

这些封建的爱情“俱往矣”，今天我们怎样对待爱情呢？我明人不说暗话，我是颇有点同意蒙田的意见的。中国古人说：“食色，性也。”爱情，特别是结婚，总是同“色”相联系的。家喻户晓的《西厢记》歌颂张生和莺莺的爱情，高潮竟是一幕“酬简”，也就是“以身相许”。个中消息，很值得我们参悟。

我们今天的青年怎样对待爱情呢？这我不大清楚，也没有什么青年人来同我这望九之年的老古董谈这类事情。据我所见所闻，那一套封建的东西早为今天的青年所扬弃。如果真有人想向我这爱情的盲人问道的话，我也可以把我的看法告诉他们的。如果一个人不想终生独身的话，他必须谈恋爱以至结婚，这是“人间正道”。但是千万别浪费过多的时间，终日卿卿我我，闹得神魂颠倒，处心积虑，不时闹点小别扭，学习不好，工作难成，最终还可能是“竹篮子打水一场空”。这真是何苦来！我并不提倡两人“一见倾心”，立即办理结婚手续。我觉得，两个人必须有一个互相了解的过程。这过程不必过长，短则半年，多则一年。余出来的时间应当用到刀刃上，搞点事业，为了个人，为了家庭，为了国家，为了世界。

三

已经写了两篇关于爱情的短文，但觉得仍然是言犹未尽，现在再补写一篇。像爱情这样平凡而又神秘的东西，这样一种社会现象或心理活动，即使再将篇幅扩大10倍，20倍，100倍，也是写不完的。补写此篇，不过聊补前两篇的一点疏漏而已。

在旧社会实行“父母之命，媒妁之言”的办法，男女青年不必伤任何脑筋，就入了洞房。我们可以说，结婚是爱情的开始。但是，不要忘记，也有“绿叶成荫子满枝”而终于不知爱情为何物的例子，而且数目还不算太少。到了现代，实行自由恋爱了，有的时候竟成了结婚是爱情的结束。西方和当前的中国，离婚率颇为可观，就是一个具体的例证。据说，有的天主教国家教会禁止离婚。但是，不离婚并不等于爱情能继续，只不过是外表上合而不离，实际上则各寻所欢而已。

爱情既然这样神秘，相爱和结婚的机遇——用一个哲学的术语就是偶然性——又极其奇怪，极其突然，决非我们个人所能掌握的。在困惑之余，东西方的哲人俊士束手无策，还是老百姓有办法，他们乞灵于神话。

一讲到神话，据我个人的思考，就有中外之分。西方人创造了一个爱神，叫作Jupiter或Cupid，是一个手持弓箭的童子，他的箭射中了谁，谁就坠入爱河。印度古代文化毕竟与欧洲古希腊、罗马有缘，他们也创造了一个叫作Kmaolliva的爱神，也是手持弓箭，被射中者立即相爱，绝不敢有违。这个神话当然是同一来源，此不见论。

在中国，我们没有“爱神”的信仰，我们另有办法。我们创造了一个月老，他手中拿着一条红线，谁被红线拴住，不管是相距多么远，天涯海角，恍若比邻，两人必然走到一起，相爱结婚。从前西湖有一座月老祠，有一副对联是天下闻名的：“愿天下有情人都成了眷属，是前生注定事莫错过姻缘。”多么质朴，多么有人情味！只有对某些人来说，“前生”和“姻缘”显得有点渺茫和神秘。可是，如果每一对夫妇都回想一下你们当初相爱和结婚的过程的话，你能否定月老祠的这一副对联吗？

我自己对这副对联是无法否认的，但又找不到“科学根据”。我倒是想忠告今天的年轻人，不妨相信一下。我对现在西方和中国青年人的相爱和结婚的方式，无权说三道四，只是觉得不大能接受。我自知年已望九，早已属于博物馆中的人物。我力避发九斤老太之牢骚，但有时又如骨鲠在喉不得不一吐为快耳。

论朋友

人类是社会动物，一个人在社会中不可能没有朋友。任何人的一生都是一场搏斗。在这一场搏斗中，如果没有朋友，则形单影只，鲜有不失败者。如果有了朋友，则众志成城，鲜有不胜利者。

因此，在人类几千年的历史上，任何国家，任何社会，没有不重视交友之道的，而中国尤甚。在宗法伦理色彩极强的中国社会中，朋友被尊为五伦之一，曰“朋友有信”。我又记得什么书中说：“朋友，以义合者也。”“信”“义”含义大概有相通之处。后世多以“义”字来要求朋友关系，比如《三国演义》“桃园三结义”之类就是。

《说文》对“朋”字的解释是：“凤飞，群鸟从以万数，故以朋为朋党字。”“凤”和“朋”大概只有轻唇音重唇音之别。对“友”的解释是“同志为友”。意思非常清楚。中国古代，肯定也有“朋友”二字连用的，比如《孟子》。《论语》“有朋自远方来，不亦乐乎”却只用一个“朋”字。不知从什么时候起，“朋友”才经常连用起来。

在中国几千年的历史上，重视友谊的故事不可胜数。最著名的是管鲍之交、钟子期和伯牙的知音的故事等，刘、关、张三结义更是有口皆碑。一直到今天，我们还讲究“哥儿们义气”，发展到最高程度，就是“为朋友两肋插刀”。只要不是结党营私，我们是非常重视交朋友的。我们认为，中国古代把朋友归入五伦是有道理的。

我们现在看一看欧洲人对友谊的看法。欧洲典籍数量虽然远远比不上中国，但是，称之为汗牛充栋也是当之无愧的。我没有能力来旁征博引，只能根据我比较熟悉的一部书来引证一些材料，这就是法国著名的《蒙田随笔》。

《蒙田随笔》上卷，第二十八章，是一篇叫作《论友谊》的随笔。其中有几句话：

我们喜欢交友胜过其他一切，这可能是我们本性所使然。亚里士多德说，好的立法者对友谊比对公正更关心。

寥寥几句，充分说明西方对友谊之重视。蒙田接着说：

自古就有四种友谊：血缘的、社交的、待客的和男女情爱的。

这使我立即想到，中西对友谊含义的理解是不相同的。根据中国的标准，“血缘的”不属于友谊，而属于亲情。“男女情爱的”也不属于友谊，而属于爱情。对此，蒙田有长篇累牍的解释，我无法一一征引。我只举他对爱情的几句话：

爱情一旦进入友谊阶段，也就是说，进入意愿相投的阶段，它就会衰落和消逝。爱情是以身体的快感为目的，一旦享有了，就不复存在。相反，友谊越被人向往，就越被人享有，友谊只是在获得以后才会升华、增长和发展，因为它是精神上的，心灵会随之净化。

这一段话，很值得我们仔细推敲、品味。

谈　孝

孝，这个概念和行为，在世界上许多国家中都是有的，而在中国尤为突出。中国社会，几千年以来就是一个宗法伦理色彩非常浓的社会，为世界上任何国家所不及。

中国人民一向视孝为最高美德。嘴里常说的、书上常讲的三纲五常，或者什么三纲六纪，哪里也不缺少父子这一纲。具体地说，“父慈子孝”是一个对等的关系。后来不知道是怎么一来，只强调“子孝”，而淡化了“父慈”，甚至变成了“天下无不是的父母”。古书上说：“身体发肤，受之父母。”一个人的身体是父母给的，父母如果愿意收回去，也是可以允许的了。

历代有不少皇帝昭告人民：“以孝治天下。”自己还装模作样，尽量露出一副孝子的形象。尽管中国历史上也并不缺少为了争夺王位导致儿子弑父的记载，野史中这类记载就更多。但那是天子的事，老百姓则是绝对不能允许的。如果发生儿女杀父母的事，皇帝必赫然震怒，处儿女以极刑中的极刑：万剐凌迟。在中国流传时间极长而又极广的所谓“教孝”中，就有一些提倡愚孝的故事，比如王祥卧冰、割股疗疾等都是迷信色彩极浓的故事，产生了不良的影响。

但是中华民族毕竟是一个极富于理性的民族，就在已经被视为经典的《孝经·谏诤章》中，我们可以读到下列的话：

昔者，天子有诤臣七人，虽无道，不失其天下；诸侯有诤臣五人，虽无道，不失其国；大夫有诤臣三人，虽无道，不失其家；士有诤友，则身不离于令名；父有诤子，则身不陷于不义。故当不义，则子不可以不诤于父，臣不可以不诤于君；故当不义，则诤之，从父之令，又焉得为孝乎？

这话说得多么好呀，多么合情合理呀！这与“天下无不是的父母”这一句话形成了鲜明的对立。后者只能归入愚孝一类，是不足取的。

到了今天，我们应该怎样对待孝呢？我们还要不要提倡孝道呢？据我个人的观察，在时代变革的大潮中，孝的概念确实已经淡化了。不赡养老父老母，甚至虐待他们的事情，时有所闻。我认为，这是不应该的，是影响社会安定团结的消极因素。我们当然不能再提倡愚孝；但是，小时候父母抚养子女，没有这种抚养，儿女是活不下来的。父母年老了，子女来赡养，就不说是报恩吧，也是合乎人情的。如果多数子女不这样做，我们的国家和社会能负担起这个任务来吗？这对我们迫切要求的安定团结是极为不利的。这一点简单的道理，希望当今为子女者三思。

第五章

不喜亦不惧

纵浪大化中，不喜亦不惧。

应尽便须尽，无复独多虑。

谈老年

一

我已经到了望九之年，无论怎样说都只能说是老了。但是，除了眼有点不明，耳有点不聪，走路有点晃悠之外，没有什么老相，每天至少还能工作七八个小时。我没有什么老的感觉，有时候还会有点沾沾自喜。

可是我原来并不是这个样子的。

我生来就是一个性格内向、胆小怕事的人。我之所以成为现在这样一个人，完全是被环境逼迫出来的。我向无大志。小学毕业后，我连报考赫赫有名的济南省立第一中学的勇气都没有，只报了一个“破正谊”。那种“大丈夫当如是也”的豪言壮语，我认为，只有英雄才能有，与我是不沾边的。

在寿命上，我也是如此。我的第一本账是最多能活到50岁，因为我的父母都只活到四十几岁，我绝不会超过父母的。然而，不知道怎么一来，五十之年在我身边飞逝而过，没有留下任何痕迹，我也根本没有想到过。接着是中国老百姓最忌讳的两个年龄：73岁，孔子之寿；84岁，孟子之寿。这两个年龄也像白驹过隙一般在我身旁飞过，也没有留下任何痕迹，我也根本没有想到过，到了现在，我就要庆祝米寿了。

早在20世纪50年代，我才40多岁，不知为什么忽发奇想，想到自己是否能活到21世纪。我生于1911年，必须活到89岁才能见到21世纪，而89这个数字对于我这个素无大志的人来说，简直就是个天文数字。我阅读中外学术史和文学史，有一个别人未必有的习惯，就是注意传主的生年卒月，我吃惊地发现，古今中外的大学者和大文学家活到90岁的简直如凤毛麟角。中国宋代的陆游活到85岁，可能就是中国诗人之冠了。胆怯如我者，遥望21世纪，遥望89这个数字，有如遥望海上三山，山在虚无缥缈间，可望而不可即了。

陈岱孙先生长我11岁，是世纪的同龄人。当年在清华时，我是外语系的学生，他是经济系主任兼法学院院长，我们可以说是有师生关系。1949年后，很长一段时间，我们俩同在全国政协，而且同在社会科学组，我们可以说又成了朋友，成了忘年交。陈先生待人和蔼，处世谨慎，从不说过分过激的话；但是，对我说话，却是相当随便的。他90岁的那一年，我还不到80岁。有一天，他对我说："我并没有感到自己老了。"我当时有点吃惊，难道90岁还不能算是老吗？可是，人生真如电光石火，时间真是转瞬即逝，曾几何时，我自己也快到90岁了。不可能的事情成为可能了，不可信的事情成为可信了。"此中有真意，欲辨已忘言"，奈之何哉！

二

即使自己没有老的感觉，但是老毕竟是一个事实。于是，我也就常常考虑老的问题，注意古今中外诗人、学者涉及老的篇章。在这方面，篇章异常多，内容异常复杂。约略言之，可能有以下几种情况，最普遍最常见的是叹老嗟贫，这种态度充斥于文人的文章中和老百姓的俗话中。老与贫皆非人之所愿，然而谁也回天无力，在万般无奈的情况下，只能叹而且嗟，聊以抒发郁闷而已，其次是故作豪言壮语，表面强硬，内实虚弱。最有名的最为人所称誉的曹操的名作：

老骥伏枥，
志在千里。
烈士暮年，
壮心不已。

初看起来气粗如牛，仔细品味，实极空洞。这有点像在深夜里一个人独行深山野林中故意高声唱歌那样，流露出来的正是内心的胆怯。

对老年这种现象进行平心静气的擘肌分理的文章，在中国好像并不多。最近偶尔翻看杂书，读到了两本书，其中有两篇关于老年的文章，合乎我提到的这个标准，不妨介绍一下。

先介绍古罗马西塞罗（公元前106—前43）的《论老年》。他是有名的政治家、演说家和散文家，《论老年》是他的“三论”之一。西塞罗先介绍了一位活到107岁的老人的话：“我并没有觉得老年有什么不好。”这就为本文定了调子。接着他说：

老年之所以被认为不幸福有四个理由：第一，它使我们不能从事积极的工作；第二，它使身体衰弱；第三，它几乎剥夺了我们所有感官上的快乐；第四，它的下一步就是死。

他接着分析了这些说法有无道理。他逐项进行了细致的分析，并得出了有积极意义的答复。我在这里只想对第四项做一点补充。老年的下一步就是死，这毫无问题。然而，中国有句俗话说：“黄泉路上无老少。”任何年龄的人都可能死的，也可以说，任何人的下一步都是死。

最后，西塞罗讲到他自己老年的情况。他编纂《史源》第七卷，搜集资料，撰写论文。他接着说：

此外，我还在努力学习希腊文；并且，为了不让自己的记忆力衰退，我效仿毕达哥拉斯派学者的方法，每天晚上把我一天所说的话、所听到或所做的事情再复述一遍……我很少感到自己丧失体力……我做这些事情靠的是脑力，而不是体力。即使我身体很弱，不能做这些事情，我也能坐在沙发上享受想象之乐……因为一个总是在学习和工作中讨生活的人，是不会察觉自己老之将至的。

这些话说得多么具体而真实呀。我自己的做法同西塞罗差不多。我总不让自己的脑筋闲着，我总在思考着什么，上至宇宙，下至苍蝇，我无所不想。思考锻炼看似是精神的，其实也是物质的。我之所以不感到老之已至，与此有紧密关联。

三

我现在介绍一下法国散文大家蒙田关于老年的看法。蒙田大名鼎鼎，昭如日月。但是，我对他的散文随笔却有与众不同的看法。他的随笔极多，他愿意怎样写，就怎样写；愿停就停，愿起就起，颇符合中国一些评论家的看法。我则认为，文章必须惨淡经营，这样松松散散，是没有艺术性的表现。尽管蒙田的思想十分深刻，入木三分，但是，这是哲学家的事。文学家可以有这种本领，但文学家最关键的本领是艺术性。

在《蒙田随笔》中有一篇论西塞罗的文章，意思好像是只说他爱好虚荣，对他的文章则只字未提。《蒙田随笔》三卷集最后一篇随笔是《论年龄》，其中涉及老年。在这篇随笔中，同其他随笔一样，文笔转弯抹角，并不豁亮，有古典，也有“今典”，颇难搞清他的思路。蒙田先讲，人类受大自然的摆布，常遭不测，不容易活到预期的寿命。他说：“老死是罕见的、特殊的、非一般的。”这话不易理解。下面他又说道：人的活力20岁时已经充分显露出来。他还说，人的全部丰功伟业，不管何种何类，不管古今，都是30岁以前而非以后创立的。这意见，我认为也值得商榷。最后，蒙田谈到老年：“有时是身躯首先衰老，有时也会是心灵。”这是符合实际情况的。

蒙田就介绍到这里。

我在上面说到，古今中外谈老年的诗文极多极多，不可能，也不必一一介绍。在这里，我想，有的读者可能要问：“你虽然不感老之已至，但是你对老年的态度怎样呢？”

这问题问得好，是地方，也是时候，我不妨回答一下。我是曾经死过一次的人。读者诸君，千万不要害怕，我不是死鬼显灵，而是活生生的人。所谓“死过一次”，只要读过我的《牛棚杂忆》就能明白，不必再细说。总之，从1967年12月以后，我多活一天，就等于多赚了一天，算到现在，我已经多活了，也就是多赚了30多年了，已经超过了我满意的程度。死亡什么时候来临，对我来说都是无所谓的，我随时准备着开路，而且无悔无恨。我并不像一些魏晋名士那样，表面上放浪形骸，不怕死亡。其实他们的狂诞正是怕死的表现。如果真正认为死亡是微不足道的事，何必费那么大劲装疯卖傻呢？

根据我上面说的那个理由，我自己的确认为死亡是微不足道，极其自然的事。连地球，甚至宇宙有朝一日也会灭亡，戋戋者人类何足挂齿！我是陶渊明的信徒，是听其自然的，“应尽便须尽，无复独多虑”！但是，我还想说明，活下去，我是高兴的。不过，有一个条件，我并不是为活着而活着。我常说，吃饭为了活着，但活着并不是为了吃饭。我对老年的态度约略如此，我并不希望每个人都跟我抱同样的态度。

再谈老年

我在《夜光杯》上已经写过多篇关于老年的文章了。可是今天读了范敬宜先生的《“老泪”何以“浑浊”？》，又得了新的启发，不禁对老年再唠叨上几句。

范先生的文章中讲到，齐白石、刘海粟常在书画上写上“年方八十”“年方九十”的字样。这事情我是知道的，也亲眼见过的。不知道由于什么原因，我看了总觉得心里不是滋味，觉得过于矫情。这往往使我想到晋代竹林七贤之类的人物，他们以豁达自命，别人也认为他们豁达。他们中有人让一个人携铁锹跟在自己身后，说："死便埋我！"从表面上来看，这对生死问题显得多么豁达。据我看，这正表示他们对死亡念念不忘，是以豁达文恐惧。

好生恶死，好少年恶老年，是人之常情。但是，我们应该有一个正确的生死观，正确的少年和老年观。我觉得，还是中国古代的道家最聪明，他们说：万物方生方死。一下子就把生与死，少年与老年联系在一起了。从生的方面来看，人一下生，是生的开始，同时也是死的开始。你活上一年，是生了一年，但是同时也是向死亡走近了一年。你是应该高兴呢？还是应该厌恶？你是应该喜呢？还是应该惧？

对于这个问题，我觉得，陶渊明的态度最值得赞美。他有一首诗说："纵浪大化中，不喜亦不惧。应尽便须尽，无复独多虑。"他的"尽"就是死。问题是谁来决定"应"还是"不应"。除非自杀，决定权不在自己手中。既然不在自己手中，你就用不着"多虑"（多操心），这是最合理的态度。我不相信，人有什么生死轮回。一个人只能生一次，这是一个十分难得的机会，不能轻易放过，只要我们能活一天，我们就必须十分珍视这一天，因为它意味着我们又向死亡前进了一天。我们要抓紧这一天，尽量多做好事，少做或不做坏事。好事就是有利于国家、有利于人民、有利于世界的事。这样做，既能利他，又能利己。损人又不利己的事情是绝对做不得的。至于什么时候“应尽”，那既然不能由我们自己决定，也就不必“多虑”了。题写“年方八十”“年方九十”的矫情举动要尽量避免。

攀登八宝山，是人人必走的道路。但这不是平常的登山活动，不必努力攀登，争取个第一名。对于这个活动，我一向是主张序齿的，老年人有优待证。但是，这个优待证他可以不使用。我自己反正已经下定决心，决不抢班夺权，决不加塞。等到我“应尽”的时候，我会坦然从命，既不“饮恨”，也不“吞声”。

老年四“得”

著名的历史学家周一良教授，在他去世前的一段时间内，在一些公开场合，讲了他的或者他听到的老年健身法门。每一次讲，他都是眉开眼笑、眉飞色舞，十分投入。他讲了四句话：吃得进，拉得出，睡得着，想得开。这话我曾听过几次。我在心里第一个反应是：这有什么好讲的呢？不就是这样子吗？

一良先生不幸逝世以后，迫使我时常想到一些与他有关的事情，以上四句话，四个“得”，当然也在其中。我越想越觉得，这四句话确实很平凡；但是，人世间真正的真理不都是平凡的吗？真理蕴藏于平凡中，世事就是如此。

前三句话，就是我们所说的吃喝拉撒睡那一套，是每一个人每天都必须处理的，简直没有什么还值得考虑和研究的价值，但这是年轻人和某些中年人的看法。当年我在清华大学读书的时候，从来没想到这四个“得”的问题，因为它们不成问题。当时听说一个个子高大的同学患失眠症，我大惊失色。我睡觉总是睡不够的，一个人怎么会失眠呢？失眠对我来说简直像是一个神话。至于吃和拉，更是不在话下。每一顿饭，如果少吃了一点，则不久就感到饿意。“二战”期间我在德国时，饿得连地球都想吞下去（借用俄国文豪果戈理《巡按使》中的话）。有一次下乡帮助农民摘苹果，得到四五斤土豆，我回家后一顿吃光，幸而没有撑死。怎么能够吃不下呢？直到 80 岁，拉对我也从来没有成为问题。

可是，“如今一切都改变”。前三个“得”，对我都成问题了。三天两头，总要便秘一次。吃了三黄片或果导，则立即变为腹泻。弄得我束手无策，不知所措。至于吃，我可以说，现在想吃什么就有什么。然而有时却什么也不想吃。偶尔有点饿意，便大喜若狂，昭告身边的朋友们："我害饿了！"睡眠则多年来靠艾司唑仑过日子，不值一提了。

我认为，周一良先生的四"得"的要害是第四个，也就是"想得开"。人，虽自称为"万物之灵"，对于其他生物可以任意杀害，也并不总是高兴的。常言道："不如意事常八九，可与言人无二三。"这两句话对谁都适合。连叱咤风云的君王和大独裁者，以及手持原子弹吓唬别的民族的新法西斯头子，也不会例外。对待这种情况，万应神药只有一味，就是"想得开"。可惜绝大多数人做不到。尤其是我提到的三种人。他们想不开，也根本不想想得开，最后只能成为不齿于人类的狗屎堆。

想不开的事情很多，但统而言之不出名利二字，所谓"名缰利锁"者便是。世界上能有几人真正逃得出这个缰和这只锁？对于我们知识分子，名缰尤其难逃。逃不出的前车之鉴比比皆是。周一良先生的第四"得"，我们实在应深思。它不但适用于老年人，对中青年人也同样适用。

长生不老

长生不老，过去中国历史上，颇有一些人追求这个境界。那些炼丹服食的老道不就是想“丹成入九天”吗？结果却是“服食求神仙，多为药所误”，最终还是翘了辫子。

最积极的应该数那些皇帝老爷子。他们骑在人民头上，作威作福，后宫里还有佳丽三千，他们能舍得离开这个世界吗？于是千方百计，寻求长生不老之术。最著名的有秦皇、汉武、唐宗、宋祖——这后一位情况不明，为了凑韵，把他拉上了，最后都还是宫车晚出，龙驭上宾了。

我常想，现代人大概不会再相信长生不老了。然而，前几天阅报说，有的科学家正在致力于长生不老的研究。我心中立刻一闪念：假如我晚生80年，现在年龄九岁，说不定还能赶上科学家们研究成功，我能分享一份。但我立刻又一闪念，觉得自己十分可笑。自己不是标榜豁达吗？“应尽便须尽，无复独多虑。”原来那是自欺欺人。老百姓说“好死不如赖活着”，我自己也属于“赖”字派。

我有时候认为，造化小儿创造出人类来，实在是多此一举。如果没有人类，世界要比现在安静祥和得多了。可造化小儿也立了一功：他不让人长生不老。否则，如果人人都长生不老，我们今天会同孔老夫子坐在一条板凳上，在长安大戏院里欣赏全本的《四郎探母》，那是多么可笑而不可思议的情景啊！我继而又一想，如果5000年来人人都不死，小小的地球早就承担不了了，所以我们又应该感谢造化小儿。

在对待生命问题上，中国人与印度人迥乎不同。中国人希望转生，连唐明皇和杨贵妃不也是希望“生生世世为夫妻”吗？印度人则在笃信轮回转生之余，努力寻求跳出轮回的办法。以佛教而论，小乘终身苦修，目的是想达到涅槃。大乘顿悟成佛，目的也无非是想达到涅槃。涅槃者，圆融清静之谓，这个词的原意就是“终止”，终止者，跳出轮回不再转生也。中印两国人民的心态，在对待生死大事方面，是完全不同的。

据我个人的看法，人一死就是涅槃，不用你苦苦去追求。那种追求是“可怜无补费工夫”。在亿万年地球存在的期间，一个人只能有一次生命。这一次生命是万分难得的。我们每一个人都必须认识到这一点，切不可掉以轻心。尽管人的寿夭不同，这是人们自己无能为力的。不管寿长寿短，都要尽力实现这仅有的一次生命的价值。多体会民胞物与的意义，使人类和动植物都能在仅有的一生中过得愉快，过得幸福，过得美满，过得祥和。

老年十忌

我已经在本栏写过谈老年的文章，意犹未尽，再写“十忌”。

忌，就是禁忌，指不应该做的事情。人的一生，都有一些不应该做的事情，这是共性。老年是人生的一个阶段，有一些独特的不应该做的事情，这是特性，老年禁忌不一定有十个。我因受传统的“十全大补”“某某十景”之类的“十”字谜的影响，姑先定为十个。将来或多或少，现在还说不准。

骑驴看唱本，走着瞧吧。

一忌：说话太多。说话，除了哑巴以外，是每人每天必有的行动。有的人喜欢说话，有的人不喜欢，这决定于一个人的秉性，不能强求一律。我在这里讲忌说话太多，并没有“祸从口出”或“金人三缄其口”的含义。说话惹祸，不在话多话少，有时候，一句话就能惹大祸。口舌惹祸，也不限于老年人，中年和青年都可能由此致祸。

我先举几个例子。

某大学有一位老教授，道德文章，有口皆碑。虽年逾耄耋，而思维敏锐，说话极有条理。不足之处是：一旦开口，就如悬河泻水，滔滔不绝；又如开了闸，再也关不住，水不断涌出。在那个大学里流传着一个传说：在学校召开的会上，某老一开口发言，有的人就退席回家吃饭，饭后再回到会场，某老谈兴正浓。据说有一次博士生答辩会，规定开会时间为两个半小时，某老参加，一口气讲了两个小时，这个会会是什么结果，答辩委员会的主席会有什么想法和措施，他会怎样抓耳挠腮，坐立不安，概可想见了。

另一个例子是一位著名的敦煌画家。他年轻的时候，头脑清楚，并不喜欢说话。一进入老境，脾气大变，也许还有点老年痴呆症的原因，说话既多又不清楚。有一年，在北京国家图书馆新建的大礼堂中召开中国敦煌吐鲁番学会的年会，开幕式必须请此老讲话。我们都知道他有这个毛病，预先请他夫人准备了一个发言稿，简明而扼要，塞入他的外衣口袋里，再三叮嘱他，念完就退席。然而，他一登上主席台就把此事忘得一干二净，摆开架子，开口讲话，听口气是想从开天辟地讲起，如果讲到那一天的会议，中间至少有 3000 年的距离，主席有点沉不住气了。我们连忙采取紧急措施，把他夫人请上台，从他口袋里掏出发言稿，让他照念，然后下台如仪，会议才得以顺利进行。

类似的例子还可以举出一些来，我不再举了。根据我个人的观察，不是每一个老人都有这个小毛病，有的人就没有。我说它是“小毛病”，其实并不小。试问，我上面举出的开会的例子，难道那还不会制造极为尴尬的局面吗？当然，话又说了回来，爱说长话的人并不限于老年，中青年都有，不过以老年为多而已。因此，我编了四句话，奉献给老人：年老之人，血气已衰；刹车失灵，戒之在说。

二忌：倚老卖老。20 世纪 50 年代和 60 年代前期，中国政治生活还比较（我只说是“比较”）正常的时候，周恩来总理招待外宾后，有时候会在外宾走后把参加招待的中国同志留下来，谈一谈招待中有什么问题或纰漏，有点总结经验的意味。这时候刚才外宾在时严肃的场面一变而为轻松活泼，大家都争着发言，谈笑风生，有时候一直谈到深夜。

有一次，总理发言时使用了中国常见的“倚老卖老”这个词儿。翻译一时有点迟疑，不知道怎样恰如其分地译成英文。总理注意到了，于是在客人走后就留下中国同志，议论如何翻译好这个词儿。大家七嘴八舌，最终也没能得出满意的结论。我现在查了两部《汉英词典》，都把这个词儿译为 To take advantage of one’s seniority or old age，意思是利用自己的年老，得到某一些好处，比如脱落形迹之类。我认为基本能令人满意的；但是“达到脱落形迹的目的”，似乎还太狭隘了一点，应该是“达到对自己有利的目的”。

人世间确实不乏“倚老卖老”的人，学者队伍中更为常见。眼前请大家自己去找。我讲点过去的事情，故事就出在清吴敬梓的《儒林外史》中。吴敬梓有刻画人物的天才，着墨不多，而能活灵活现。第十八回，他写了两个时文家。胡三公子请客：四位走进书房，见上面席间先坐着两个人，方巾白须，大模大样，见四位进来，慢慢立起身。严贡生认得，便上前道："卫先生、随先生都在这里，我们公揖。"当下作过了揖，请诸位坐。那卫先生、随先生也不谦让，仍旧上席坐了。

倚老卖老，架子可谓十足。然而本领却并不怎么样，他们的诗，"且夫""尝谓"都写在内，其余也就是文章批语上采下来的几个字眼。一直到今天，倚老卖老，摆老架子的人大都如此。

平心而论，人老了，不能说是什么好事，老态龙钟，惹人厌恶；但也不能说是什么坏事。人一老，经验丰富，识多见广。他们的经验，有时会对个人，甚至对国家，有些用处的。但是，这种用处是必须经过事实证明的，自己一厢情愿地认为有用处，是不会取信于人的。另外，根据我个人的体验与观察，一个人，老年人当然也包括在里面，最不喜欢别人瞧不起他。一感觉到自己受了怠慢，心里便不是滋味，甚至怒从心头起，拂袖而去。有时闹得双方都不愉快，甚至结下怨仇。这是完全要不得的。一个人受不受人尊敬，完全决定于你有没有值得别人尊敬的地方。在这里，摆架子，倚老卖老，都是枉然的。

三忌：思想僵化。人一老，在生理上必然会老化；在心理上或思想上，就会僵化。此事理之所必然，不足为怪。要举典型，有鲁迅的九斤老太在。

从生理上来看，人的躯体是由血、肉、骨等物质的东西构成的，是物质的东西就必然要变化、老化，以至消逝。生理的变化和老化必然影响心理或思想，这是无法抗御的。但是，变化、老化或僵化却因人而异，并不能一视同仁。有的人早，有的人晚；有的人快，有的人慢。所谓老年痴呆症，只是老化的一个表现形式。

空谈无补于事，试举一标本，加以剖析。远在天边，近在眼前，标本就是我自己。

我已届九旬高龄，古今中外的文人能活到这个年龄者只占极少数。我不相信这是由于什么天老爷、上帝或佛祖的庇祐，而是享了新社会的福。现在，我目虽不太明，但尚能见物；耳虽不太聪，但尚能闻声。看来距老年痴呆和八宝山还有一段距离，我也还没有这样的计划。

但是，思想僵化的迹象我也是有的。我的僵化同别人或许有点不同：它一半自然，一半人为；前者与他人共之，后者则为我所独有。

我不是九斤老太一党，我不但不认为“一代不如一代”，而且确信“雏凤清于老凤声”。可是最近几年来，一批“新人类”或“新新人类”脱颖而出，他们好像是一批外星人，他们的思想和举止令我迷惑不解，惶恐不安。这算不算是自然的思想僵化呢？

至于人为的思想僵化，则多一半是一种逆反心理在作祟。就拿穿中山装来做例子。我留德十年，当然是穿西装的。1949年以后，我仍然有时改着西装。可是改革开放以来，不知从哪吹来了一股风，一夜之间，西装遍神州大地矣。我并不反对穿西装；但我不承认西装就是现代化的标志，而且打着领带锄地，我也觉得滑稽可笑。于是我自己就“僵化”起来，从此再不着西装，国内国外，大小典礼，我一律蓝色卡其布中山装一袭，以不变应万变矣。

还有一个“化”，我不知道怎样称呼它。世界科技进步，一日千里，没有科技，国难以兴，事理至明，无待赘言。科技给人类带来的幸福，也是有目共睹的。但是，它带来的危害，也无法掩饰。世界各国现在都惊呼环保，环境污染难道不是科技发展带来的吗？犹有进者。我突然感觉到，科技好像是龙虎山张天师镇妖瓶中放出来的妖魔，一旦放出来，你就无法控制。只就克隆技术一端言之，将来能克隆人，指日可待。一旦实现，则人类社会迄今行之有效的法律准则和伦理规范，必遭破坏。将来的人类社会会变成什么样的社会呢？我有点不寒而栗。这似乎不尽属于“僵化”范畴，但又似乎与之接近。

四忌：不服老。服老，《现代汉语词典》的解释：“承认年老”，可谓简明扼要。人上了年纪，是一个客观事实，服老就是承认它，这是唯物主义的态度。反之，不承认，也就是不服老倒迹近唯心了。

中国古代的历史记载和古典小说中，不服老的例子不可胜数，尽人皆知，无须列举。但是，有一点我必须在这里指出来：古今论者大都为不服老唱赞歌，这有点失于偏颇，绝对地无条件地赞美不服老，有害无益。

空谈无补，举几个实例，包括我自己。

1949 年春夏之交，解放军进城还不太久，忘记了是出于什么原因，毛泽东的老师徐特立约我在他下榻的翠明庄见面。我准时赶到，徐老当时年已过八旬，从楼上走下，卫兵想去扶他，他却不停地用胳膊肘捣卫兵的双手，一股不服老的劲头至今给我留下了难忘的印象。

再一个例子是北大20世纪20年代的教授陈翰笙先生。陈先生生于1897年，跨越了三个世纪，至今仍然健在。他晚年病目失明，但这丝毫也没有影响了他的活动，有会必到。有人去拜访他，他必把客人送到电梯门口。有时还会对客人伸一伸胳膊，踢一踢腿，表示自己有的是劲儿。前几年，每天还安排时间教青年英文，分文不取。这样的不服老我是钦佩的。

也有人过于服老。年纪不到50，就不敢吃蛋黄和动物内脏，怕胆固醇增高。这样的超前服老，我是不敢钦佩的。

至于我自己，我先讲一段经历。那是在1995年，当时我已经达到了84岁高龄。然而我却丝毫没有感觉到，不知老之已至，正处在平生写作的第二个高峰中。每天跑一趟北大图书馆，几达两年之久，风雪无阻。我已经有点忘乎所以了。一天早晨，我照例4点半起床，到东边那一单元书房中去写作。

一转瞬间，肚子向我发出信号：该填一填它了。一看表，已经 6 点多了。于是我放下笔，准备回西房吃早点。可是不知是谁把门从外面锁上了，里面开不开。我大为吃惊，回头看到封了顶的阳台上有一扇玻璃窗可以打开。我于是不假思索，立即开窗跳出，从窗口到地面约有一米八高。我一堕地就跌了一个大马趴，脚后跟有点痛。旁边就是洋灰台阶的角，如果脑袋碰上，后果真不堪设想，我后怕起来了。我当天上下午都开了会，第二天又长驱数百里到天津南开大学去做报告，脚已经肿了起来。第三天，到校医院去检查，左脚跟有点破裂。

我这样的不服老，是昏聩糊涂的不服老，是绝对要不得的。

我在上面讲了不服老的可怕，也讲到了超前服老的可笑。然则何去何从呢？我认为，在战略上要不服老，在战术上要服老，二者结合，庶几近之。

五忌：无所事事。这是一个比较复杂的问题，必须细致地加以分析，区别对待，不能一概而论。

达官显宦，在退出政治舞台之后，幽居府邸，“庭院深深深几许”，我辈槛外人无法窥知，他们是无所事事呢，还是有所事事，无从谈起，姑存而不论。

富商大贾，一旦钱赚够了，年纪老了，把事业交给儿子、女儿或女婿，他们是怎样度过晚年的，我们也不得而知，我们能知道的只是钞票不能拿来炒着吃。这也姑且存而不论。

说来说去，我所能够知道的只是工、农和知识分子这些平头老百姓。中国古人说：“一事不知，儒者之耻。”今天，我这个“儒者”却无论如何也没有胆量说这样的大话。我只能安分守己，夹起尾巴来做人，老老实实地只谈论老百姓的无所事事。

我曾到过承德，就住在避暑山庄对面的一旅馆里。每天清晨出门散步，总会看到一群老人，手提鸟笼，把笼子挂在树枝上，自己则分坐在山庄门前的石头上，“闲坐说玄宗”。一打听，才知道他们多是旗人，先人是守卫山庄的八旗兵，而今老了，无所事事，只有提鸟笼子。试思：他们除了提鸟笼子外还能干什么呢？他们这种无所事事，不必深究。

北大也有一批退休的老工人，每日以提鸟笼为业。过去他们常聚集在我住房附近的一座石桥上，鸟笼也是挂在树枝上，笼内鸟儿放声高歌，清脆嘹亮。我走过时，也禁不住驻足谛听，闻而乐之。这一群工人也可以说是无所事事，然而他们又怎样能有所事事呢？

现在我只能谈我自己也是其中一分子，因而我最了解情况的知识分子。国家给年老的知识分子规定了退休年龄，这是合情合理的，应该感激的。但是，知识分子行当不同，身体条件也不相同。是否能做到老有所为，完全取决于自己，不取决于政府。自然科学和技术，我不懂，不敢瞎说。至于人文社会科学，则我是颇为熟悉的。一般说来，社会科学的研究不靠天才火花一时的迸发，而靠长期积累。一个人到了60多岁退休的关头，往往正是知识积累和资料积累达到炉火纯青的时候。一旦退下，对国家和个人都是一个损失。有进取心有干劲者，可能还会继续干下去的。可是大多数人则无所事事。我在南北几个大学中都听到了有关“散步教授”的说法，就是，一个退休教授天天在校园里溜达，成了全校著名的人物。我没同“散步教授”谈过话，不知道他们是怎样想的。估计他们也不会很舒服。锻炼身体，未可厚非。但是，整天这样“锻炼”，不也太乏味太单调了吗？学海无涯，何妨再跳进去游泳一番，再扎上两个猛子，不也会身心两健吗？蒙田说得好：“如果不让大脑有事可做，有所制约，它就会在想象的旷野里驰骋，有时就会迷失方向。”

六忌：提当年勇。

我做了一个梦。我驾着祥云或别的什么云，飞上了天宫，在凌霄宝殿多功能厅里，参加了一个务虚会。第一个发言的是项羽。他历数早年指挥雄师数十万，横行天下，各路诸侯皆俯首称臣，他是诸侯盟主，颐指气使，没有敢违抗者。鸿门设宴，吓得刘邦像一只小耗子一般。说到尽兴处，手舞足蹈，唾沫星子乱溅。这时忽然站起来一位天神，问项羽：四面楚歌、乌江自刎是怎么一回事呀？项羽立即垂下了脑袋，仿佛是一个泄了气的皮球。

第二个发言的是吕布，他手握方天画戟，英气逼人。他放言高论，大肆吹嘘自己怎样戏貂蝉，杀董卓，为天下人民除害；虎牢关力敌关、张、刘三将，天下无敌。正吹得眉飞色舞，一名神仙忽然高声打断了他的发言：“白门楼上向曹操下跪，恳求饶命，大耳贼刘备一句话就断送了你的性命，是怎么一回事呢？”吕布面色立变，流满了汗，立即下台，像一只斗败了的公鸡。

第三个发言的是关羽。他久处天宫，大地上到处都有关帝庙，房子多得住不过来。他威仪俨然，放不下神架子。但发言时，一谈到过五关斩六将，用青龙偃月刀挑起曹操捧上的战袍时，便不禁圆睁丹凤眼，猛抖卧蚕眉，兴致淋漓，令人肃然。但是又忽然站起了一位天官，问道：“夜走麦城是怎么一回事呢？”关公立即放下神架子，神色仓皇，脸上是否发红，不得而知，因为他的脸本来就是红的。他跳下讲台，在天宫里演了一出夜走麦城。

我听来听去，实在厌了，便连忙驾祥云回到大地上，正巧落在绍兴，又正巧看见阿 Q 被小 D 抓住辫子往墙上猛撞，阿 Q 大呼：“我从前比你阔得多了！”可是小 D 并不买账。

谁一看都能知道，我的梦是假的。但是，在芸芸众生中，特别是在老年中，确有一些人靠自夸当年勇来过日子。我认为，这也算是一种自然现象，争胜好强也许是人类一种本能。但一旦年老，争胜有心，好强无力，便难免产生一种自卑情结。可又不甘心自卑，于是只有自夸当年勇一途，可以聊以自慰。对于这种情况，别人是爱莫能助的。“解铃还须系铃人”，只有自己随时警惕。

现在有一些得了世界冠军的运动员有一句口头禅：从零

开始。意思是，不管冠军或金牌多么灿烂辉煌，一旦到手，即成过去，从现在起又要从零开始了。

我觉得，从零开始是唯一正确的想法。

七忌：自我封闭。这里专讲知识分子，别的界我不清楚。但是，行文时也难免涉及社会其他阶层。

中国古人说：“人生识字忧患始。”其实不识字也有忧患。道家说，万物方生方死。人从生下的一刹那开始，死亡的历程也就开始了。这个历程可长可短，长可能到100年或者更长，短则几个小时、几天，少年夭折者有之，英年早逝者有之，中年弃世者有之，好不容易，跌跌撞撞，坎坎坷坷，熬到了老年，早已心力交瘁了。

能活到老年，是一种幸福，但也是一种灾难。并不是每一个人都能活到老年，所以说是幸福。但是老年又有老年的难处，所以说是灾难。

老年人最常见的现象或者灾难是自我封闭。封闭，有行动上的封闭，有思想感情上的封闭，形式和程度又因人而异。老年人有事理广达者，有事理欠通达者。前者比较能认清宇宙万物以及人类社会发展的规律，了解到事物的改变是绝对的，不变是相对的，千万不要要求事物永恒不变。后者则相反，他们要求事物永恒不变；即使变，也是越变越坏，上面讲到的九斤老太就属于此类人。这一类人，即使仍然活跃在人群中，但在思想感情方面他们却把自己严密地封闭起来了。这是最常见的一种自我封闭的形式。

空言无益，试举几个例子。

我在高中读书时，有一位教经学的老师，是前清的秀才或举人。“五经”和“四书”背得滚瓜烂熟，据说还能倒背如流。他教我们《书经》和《诗经》，从来不带课本，业务是非常熟练的。

可学生并不喜欢他。因为他张口闭口：“我们大清国怎样怎样。”学生就给他起了一个诨名“大清国”，他真实的姓名反隐而不彰了。我们认为他是老顽固，他认为我们是新叛逆。我们中间不是代沟，而是万丈深渊，是他把自己完全封闭起来了。

再举一个例子。我有一位老友，写过新诗，填过旧词，毕生研究中国文学史，都达到了相当高的水平。他为人随和，性格开朗，并没有什么乖僻之处。可是，到了最近几年，突然产生了自我封闭的现象，不参加外面的会，不大愿意见人，自己一个人在家里高声唱歌。我曾几次以老友的身份，劝他出来活动活动，他都婉言拒绝。他心里是怎样想的，至今对我还是一个谜。

我认为，老年人不管有什么形式的自我封闭现象，都是对个人健康不利的。我奉劝普天下老年人力矫此弊。同青年人在一起，即使是“新新人类”吧，他们身上的活力总会感染老年人的。

八忌：叹老嗟贫。叹老嗟贫，在中国的读书人中，是常见的现象，特别是所谓怀才不遇的人们中，更是特别突出。我们读古代诗文，这样的内容随处可见。在现代的知识分子中，这样的现象比较少见了，难道这也是中国知识分子进化或进步的一种表现吗？

我认为，这是一个十分值得研究的课题。它是中国知识分子学和中西知识分子比较学的重要内容。

我为什么又拉扯上了西方知识分子呢？因为他们与中国的不同，是现成的参照系。

西方的社会伦理道德标准同中国不同，实用主义色彩极浓。一个人对社会有能力做贡献，社会就尊重你。一旦人老珠黄，对社会没有用了，社会就丢弃你，包括自己的子孙也照样丢弃了你，社会舆论不以为忤。当年我在德国哥廷根时，章士钊的夫人也同儿子住在那里，租了一家德国人的三楼居住。我去看望章伯母时，走过二楼，经常看到一间小屋关着门，门外地上摆着一碗饭，一丝热气也没有。我最初认为是喂猫或喂狗用的。后来一打听，才知道是给小屋内卧病不起的母亲准备的饭菜。同时，房东还养了一条大狼狗，一天要吃一斤牛肉。这种天上人间的情况无人非议，连躺在小屋内病床上的老太太大概也会认为所有这一切都是顺理成章的吧。

在这种狭隘的实用主义大潮中，西方的诗人和学者极少极少写叹老嗟贫的诗文。同中国比起来，简直不成比例。

在中国，情况则大大地不同。中国知识分子一向有“学而优则仕”的传统。过去一千多年以来，仕的途径只有一条，就是科举。“千军万马过独木桥”，所有的读书人都拥挤在这一条路上，从秀才、举人向上爬，爬到贡士参加殿试，僧多粥少，极少数极幸运者可以爬完全程，“仕宦而至将相，富贵而归故乡”，达到这个目的万中难得一人。大家只要读一读《儒林外史》，便一目了然。在这样的情况下，倘若科举不利，老而又贫，除了叹老嗟贫以外，实在无路可走了。古人说“诗必穷而后工”，其中“穷”字也有科举不利这个含义。古代大官很少有好诗文传世，其原因实在耐人寻味。

今天，时代变了。但是“学而优则仕”的幽灵未泯，学士、硕士、博士、院士代替了秀才、举人、贡士、进士。骨子里并没有大变。在当今知识分子中，一旦有了点成就，便立即戴上一顶乌纱帽，这现象难道还少见吗？

今天的中国社会已能跟上世界潮流，但是，封建思想的残余还不容忽视，我们都要加以警惕。

九忌：老想到死。好生恶死，为所有生物之本能。我们只能加以尊重，不能妄加评论。

作为万物之灵的人，更是不能例外。俗话说：“黄泉路上无老少。”可是人一到了老年，特别是耄耋之年，离那个长满了野百合花的地方越来越近了，此时常想到死，更是非常自然的。

今人如此，古人何独不然！中国古代的文学家、思想家、骚人墨客大都关心生死问题。根据我个人的思考，各个时代是颇不相同的。两晋南北朝时期似乎更为关注。粗略地划分一下，可以分为三派。第一派对死十分恐惧，而且敢于十分坦荡地说了出来，这一派可以江淹为代表。他的《恨赋》一开头就说："试望平原，蔓草萦骨，拱木敛魂。人生到此，天道宁论。"最后几句话是:"自古皆有死,莫不饮恨而吞声。"话说得再清楚不过了。

第二派可以"竹林七贤"为代表。《世说新语·任诞第二十三》第一条就讲到阮籍、嵇康、山涛、刘伶、阮咸、向秀和王戎"常集于竹林之中，肆意酣畅"，这是一群酒徒。其中最著名的刘伶命人荷锹跟着他，说："死便埋我！"对死看得十分豁达。实际上，情况正相反，他们怕死怕得发抖，聊作姿态以自欺欺人耳。其中当然还有逃避残酷的政治迫害的用意。

第三派可以陶渊明为代表。他的意见具见他的诗《神释》中。诗中有这样的话："老少同一死，贤愚无复数。日醉或能忘，将非促龄具！立善常所欣，谁当为汝誉？甚念伤吾生，正宜委运去。纵浪大化中，不喜亦不惧。应尽便须尽，无复独多虑。"他反对酣酒麻醉自己，也反对常想到死。我认为，这是最正确的态度。最后四句诗成了我的座右铭。

我在上面已经说到，老年人想到死，是非常自然的。关键是：想到以后，自己抱什么态度。惶惶不可终日，甚至饮恨吞声，是最要不得，这样必将成陶渊明所说的“促龄具”。最正确的态度是顺其自然，泰然处之。

鲁迅不到50岁，就写了有关死的文章。王国维则说：“五十之年，只欠一死。”结果投了昆明湖。我之所以能泰然处之，有我的特殊原因。“十年浩劫”中，我已走到过死亡的边缘上，一个千钧一发的偶然性救了我。从那以后，多活一天，我都认为是多赚的，因此就比较能从容对待死了。

我在这里诚挚奉劝普天之下的年老又通达事理的人，偶尔想一下死，是可以的；但不必老想。我希望大家都像我一样，以陶渊明《神释》诗最后四句为座右铭。

十忌：愤世嫉俗。愤世嫉俗这个现象，没有时代的限制，也没有年龄的限制。古今皆有，老少具备，但以年纪大的人为多。它对人的心理和生理都会有很大的危害，也不利于社会的安定团结。

世事发生必有其因。愤世嫉俗的产生也自有其原因。归纳起来，约有以下诸端：

首先，自古以来，任何时代，任何朝代，能完全满足人民大众的愿望者，绝对没有。不管汉代的文景之治怎样美妙，唐代的贞观之治和开元之治怎样理想，宫廷都难免腐败，官吏都难免贪污，百姓就因而难免不满，其尤甚者就是愤世嫉俗。

其次，“学而优则仕”达不到目的，特别是科举时代名落孙山者，不在少数，必然愤世嫉俗。这在中国古代小说中可以找出不少的典型。

再次，古今中外都不缺少自命天才的人。有的真有点天才或者才干，有的则只是个人妄想，但是别人偏不买账，于是就愤世嫉俗。其尤甚者，如西方的尼采要“重新估定一切价值”，又如中国的徐文长。结果无法满足，只好自己发了疯。

最后，也是最常见的，对社会变化的迅猛跟不上，对新生事物看不顺眼，是九斤老太一党；九斤老太不识字，只会说“一代不如一代”，识字的知识分子，特别是老年人，便表现为愤世嫉俗，牢骚满腹。

以上只是一个大体的轮廓，不足为据。

在中国文学史上，愤世嫉俗的传统，由来已久。《楚辞》的“黄钟毁弃，瓦釜雷鸣”等语就是最早的证据之一。以后历代的文人多有愤世嫉俗之作，形成了知识分子性格上一大特点。

我也算是一个知识分子，姑且以我自己为麻雀，加以剖析。愤世嫉俗的情绪和言论，我也是有的。但是，我又有我自己的表现方式。我往往不是看到社会上的一些不正常现象而牢骚满腹，怪话连篇，而是迷惑不解，惶恐不安。我曾写文章赞美过代沟，说代沟是人类进步的象征。这是我真实的想法。可是到了目前，我自己也傻了眼，横亘在我眼前的像我这样老一代人和一些“新人类”“新新人类”之间的代沟，突然显得其阔无限，其深无底，简直无法逾越了，仿佛把人类历史断成了两截。我感到恐慌，我不知道这样发展下去将伊于胡底。我个人认为，这也是愤世嫉俗的一种表现形式，是要不得的；可我一时又改变不过来，为之奈何！

我不知道，与我想法相同或者相似的有没有人在，有的话，究竟有多少人。我想来想去，觉得还是毛泽东的两句诗好：“牢骚太盛防肠断，风物长宜放眼量。”

老年谈老

老年谈老，就在眼前；然而谈何容易！

原因何在呢？原因就在，自己有时候承认老，有时候又不承认，真不知道从何处谈起。

记得很多年以前，自己还不到60岁的时候，有人称我为“季老”，心中颇有反感，应之逆耳，不应又不礼貌，左右两难，极为尴尬。然而曾几何时，在不知不觉中，渐渐地听得入耳了，有时甚至还有点甜蜜感。自己吃了一惊：原来自己真是老了，而且也承认老了。至于这个大转变是从什么时候开始的，自己有点茫然懵然，我正在推敲而且研究。

不管怎样，一个人承认老是并不容易的。我的一位90岁出头的老师有一天对我说，他还不觉得老，其他可知了。我认为，在这里关键是一个“渐”字。若干年前，我读过丰子恺先生一篇含有浓厚哲理的散文，讲的就是这个“渐”字。这个字有大神通力，它在人生中的作用绝不能低估。人们有了忧愁痛苦，如果不渐渐地淡化，则一定会活不下去的。人们逢到极大的喜事，如果不渐渐地恢复平静，则必然会忘乎所以，高兴得发狂。人们进入老境，也是逐渐感觉到的。能够感觉到老，其妙无穷。人们渐渐地觉得老了，从积极方面来讲，它能够提醒你：一个人的岁月绝不是取之不尽用之不竭的，应该抓紧时间，把想做的事情做完，做好，免得无常一到，后悔无及。从消极方面来讲，一想到自己的年龄，那些血气方刚时干的勾当就不应该再去硬干。个别喜欢争名于朝、争利于市的人，或许也能收敛一点。老之为用大矣哉！

我自己是怎样对待老年呢？说来也颇为简单。我虽年届耄耋，内部零件也并不都非常健全；但是我处之泰然，我认为，人上了年纪，有点这样那样的病，是合乎自然规律的，用不着大惊小怪。如果年老了，硬是一点病都没有，人人活上二三百岁甚至更长的时间，那么今天狂呼“老龄社会”者，恐怕连嗓子也会喊哑，而且吓得浑身发抖，连地球也会被压塌的。我不想做长生的梦，我对老年，甚至对人生的态度是道家的。我信奉陶渊明的两句诗：

纵浪大化中，
不喜亦不惧。

这就是我对待老年的态度。

看到我已经有了一把子年纪，好多人都问我：有没有什么长寿秘诀。我的答复是：我的秘诀就是没有秘诀，或者不要秘诀。我常常看到有一些相信秘诀的人，禁忌多如牛毛。这也不敢吃，那也不敢尝，比如，吃鸡蛋只吃蛋清，不吃蛋黄，因为据说蛋黄胆固醇高；动物内脏绝不入口，同样因为胆固醇高。有的人吃一个苹果要消三次毒，然后削皮；削皮用的刀子还要消毒，不在话下；削了皮以后，还要消一次毒，此时苹果已经毫无苹果味道，只剩下消毒药水味了。从前有一位化学系的教授，吃饭要仔细计算卡路里的数量，再计算维生素的数量，吃一顿饭用的数学公式之多等于一次实验。结果怎样呢？结果每月饭费超过别人十倍，而人却瘦成一只干巴鸡。一个人到了这个地步，还有什么人生之乐呢？如果再戴上放大百倍的显微镜眼镜，则所见者无非细菌，试问他还能活下去吗？

至于我自己呢，我绝不这样做，我一无时间，二无兴趣。凡是我觉得好吃的东西我就吃，不好吃的我就不吃，或者少吃，卡路里、维生素统统见鬼去吧。心里没有负担，胃口自然就好，吃进去的东西都能很好地消化。再辅之以腿勤、手勤、脑勤，自然百病不生了。脑勤我认为尤其重要。如果非要让我讲出一个秘诀不行的话，那么我的秘诀就是：千万不要让脑筋懒惰，脑筋要永远不停地思考问题。

我已年届耄耋，但是，专就北京大学而论，倚老卖老，我还没有资格。在教授中，按年龄排队，我恐怕还要排到 20 多位以后。我幻想眼前有一个按年龄顺序排列的向八宝山进军的北大教授队伍。我后面的人当然很多。但是向前看，我还算不上排头，心里颇得安慰，并不着急。可是偏有一些排在我后面的比我年轻的人，风风火火，抢在我前面，越过排头，登上山去。我心里实在非常惋惜，又有点怪他们，今天我国的平均寿命已经超过 70 岁，比 1949 年前增加了一倍，你们正在精力旺盛时期，为国效力，正是好时机，为什么非要抢先登山不行呢？这我无法阻拦，恐怕也非本人所愿。不过我已下定决心，绝不抢先加塞。

不抢先加塞活下去目的何在呢？要干些什么事呢？我一向有一个自己认为是正确的看法：人吃饭是为了活着，但活着却不是为了吃饭。到了晚年，更是如此。我还有一些工作要做，这些工作对人民对祖国都还是有利的，不管这个“利”是大是小。我要把这些工作做完，同时还要再给国家培养一些人才。我仍然要老老实实干活，清清白白做人，绝不干对不起祖国和人民的事；要尽量多为别人着想，少考虑自己的得失。人过了 80 岁，金钱富贵等同浮云，要多为下一代操心，少考虑个人名利，写文章绝不剽窃抄袭，欺世盗名。等到非走不行的时候，就顺其自然，坦然离去，无愧于个人良心，则吾愿足矣。

要说的话已经说完，但是我还想借这个机会发点牢骚。我在上面提到“老龄社会”这个词儿。这个概念我是懂得的，有一些措施我也是赞成的。什么干部年轻化，教师年轻化，我都举双手赞成。但是我对报纸上天天大声叫嚷“老龄社会”，却有极大的反感。好像人一过 60 岁就成了社会的包袱，成了阻碍社会进步的绊脚石，我看有点危言耸听，不知道用意何在。我自己已是老人，我也观察过许多别的老人。他们中游手好闲者有之，躺在医院里不能动的有之，天天提鸟笼持钓竿者有之，如此等等，不一而足。但这只是少数，并不是老人的全部。还有不少老人虽然已经寿登耄耋，年逾期颐，向着茶寿进军，但仍然勤勤恳恳，焚膏继晷，兀兀穷年，难道这样一些人也算是社会的包袱吗？我倒不一定赞成“姜是老的辣”这样一句话。年轻人朝气蓬勃，是我们未来希望之所在，让他们登上要路津，是完全必要的。但是对老年人也不必天天絮絮叨叨，耳提面命：“你们已经老了！你们已经不行了！对老龄社会的形成你们不能辞其咎呀！”这样做有什么用处呢？随着生活的日益改善，人们的平均寿命还要提高，将来老年人在社会中所占的比例还要提高。即使你认为这是一件坏事，你也没有法子改变。听说从前钱玄同先生主张人过 40 岁一律枪毙。这只是愤激之词，有人作诗讽刺他自己也活过了 40 岁而照样活下去。我们有人老是为社会老龄化担忧，难道能把 60 岁以上的人统统赐自尽吗？老龄化同人口多不是一码事。担心人口爆炸，用计划生育的办法就能制止。老龄化是自然趋势，而且无法制止。既然无法制止，就不必瞎嚷，这是徒劳无益的。我总怀疑，“老龄化”这玩意儿也是从外国进口的舶来品。西方人有同我们不同的伦理概念。我们大可以不必东施效颦。质诸高明，以为如何？

牢骚发完，文章告终，过激之处，万望包容。

老少之间

在任何国家、任何时代的任何社会里，总会有老年人和青少年人同时并存。从年龄上来说，这是社会的两极，中间是中年，这样一些不同年龄的阶层，共同形成了我们的社会，所谓芸芸众生者就是。

从社会方面来讲，这个模式是不变的，是固定的。但是，从每一个人来说，它却是不固定的，经常变动的。今天你是少年，转瞬就是中年。你如果不中途退席的话，前面还有一个老年阶段在等候着你。老年阶段以后呢？那谁都知道，用不着细说。

想要社会安定，就必须处理好这三个年龄阶段之间的关系，特别是社会两极的老年与少年的关系。现在人们有时候讲到“代沟”——我看这也是舶来品——有人说有，有人说无，我是承认有的。因为事实就是如此，是否认不掉的。而且从某种意义上来说，有“代沟”正表明社会在不断前进。如果不前进，“沟”从何来？

承认有“代沟”，不是就万事大吉。真要想保持社会的安定团结，还必须进一步对“沟”两边的具体情况加以分析。中年这一个中间阶段，我先不说，我只分析老少这两极。

一言以蔽之，这两极各有各的优缺点。老年人人生经历多，识多见广，这是优点。缺点往往是自以为是，执拗固执。动不动就是：我吃的盐比你吃的面还多，我走过的桥比你走过的路还长。个别人仕途失意，牢骚满腹：“举世皆浊而我独清，众人皆醉而我独醒。”简直变成了九斤老太，唠唠叨叨，什么都是从前的好。结果惹得大家都不痛快。

我现在这里特别提出一个我个人观察到的老年人的缺点，就是喜欢说话，喜欢长篇发言。开一个会两小时，他先包办一半，甚至四分之三。别人不耐烦看表，他老眼昏花，不视不见，结果如何？一想便知。听说某大学有一位老教授。开会他一发言，有经验的人士就回家吃饭。酒足饭饱，回来看，老教授的发言还没有结束，仍然在那里“悬河泻水”哩。

因此，我对老年人有几句箴言：老年之人，血气已衰；刹车失灵，戒之在说。

至于年轻人，他们朝气蓬勃，进取心强。在他们眼前的道路上，仿佛铺满了玫瑰花。他们对任何事情都不畏缩，九天揽月，五洋捉鳖，易如反掌，唾手可得。这是一种非常可贵的精神，只能保护，不能挫伤。然而他们的缺点就正隐含在这种优点中。他们只看到玫瑰花的美，只闻到玫瑰花的香；他们却忘记了玫瑰花是带刺的，稍不留心，就会扎手。

那么，怎么办呢？我没有什么高招，我只有几句老生常谈：老年少年都要有自知之明，越多越好。老的不要“倚老卖老”，少的不要“倚少卖少”。后一句话是我杜撰出来的，我个人认为，这个杜撰是正确的。老少之间应当互相了解，理解，谅解。最重要的是谅解，有了这个谅解，我们社会的安定团结就有了保证。

长寿之道

我已经到了望九之年，可谓长寿矣。因此经常有人向我询问长寿之道，养生之术。

我敬谨答曰：“养生无术是有术。”

这话看似深奥，其实极为简单明了。我有两个朋友，十分重视养生之道。每天锻炼身体，至少要练上两个钟头。曹操诗曰：“对酒当歌，人生几何？”人生不过百年，每天费上两个钟头，统计起来，要有多少钟头啊！利用这些钟头，能做多少事情呀！如果真有用，也还罢了。他们两人，一个先我而走，一个卧病在家，不能出门。

因此，我首创了三“不”主义：不锻炼，不挑食，不嘀咕。名闻全国。

我这个三不主义，容易招误会，我现在利用这个机会解释一下。我并不绝对反对适当的体育锻炼，但不要过头。一个人如果天天望长寿如大旱之望云霓，而又绝对相信体育锻炼，则此人心态恐怕有点失常，反不如顺其自然为佳。

至于不挑食，其心态与上面相似。常见有人年才逾不惑，就开始挑食，蛋黄不吃，动物内脏不吃，每到吃饭，战战兢兢，如履薄冰，窘态可掬，看了令人失笑。以这种心态而欲求长寿，岂非南辕而北辙！

我个人认为，第三点最为重要。对什么事情都不嘀嘀咕咕，心胸开朗，乐观愉快，吃也吃得下，睡也睡得着，有问题则设法解决之，有困难则努力克服之，绝不视芝麻绿豆大的窘境如苏迷卢山般大，也绝不毫无原则随遇而安，绝不玩世不恭。“应尽便须尽，无复独多虑。”有这样的心境，焉能不健康长寿？

我现在还想补充一点，很重要的一点。根据我个人七八十年的经验，一个人绝不能让自己的脑筋投闲置散，要经常让脑筋活动着。根据外国一些科学家实验结果，“用脑伤神”的旧说法已经不能成立，应改为“用脑长寿”。人的衰老主要是脑细胞的死亡。中老年人的脑细胞虽然天天死亡；但人一生中所启用的脑细胞只占细胞总量的四分之一，而且在活动的情况下，每天还有新的脑细胞产生。只要脑筋的活动不停止，新生细胞比死亡细胞数目还要多。勤于动脑筋，不但能经常保持脑中血液的流通状态，而且能通过脑筋协调控制全身的功能。

我过去经常说：“不要让脑筋闲着。”我就是这样做的。结果是有人说我“身轻如燕，健步如飞”。这话有点过了头，反正我比同年龄人要好些，这却是真的。原来我并没有什么科学根据，只能算是一种朴素的直觉。现在读报纸，得到了上面认识。在沾沾自喜之余，谨做补充如上。

这就是我的“长寿之道”。

养生无术是有术

黄伟经兄来信，为《羊城晚报·健与美副刊》向我索稿。他要我办的事，我一向是敬谨遵命的，这一次也不能例外。但是，健美双谈，我确有困难。我老态龙钟，与美无缘久矣，美是无从谈起了。至于健嘛，却是能谈一点的。

我年届耄耋，慢性病颇有一些。但是，我认为，这完全符合规律，从不介意。现在身躯顽健，十里八里，抬腿就到。每天仍工作七八个小时，论文每天也能写上几千字，毫不含糊。别人以此为怪，我却颇有点沾沾自喜。小友粟德金在《中国日报》上写文章，说我有点忘记了自己的年龄。他说到了点子上。我虽忘记了年龄，但却没有忘乎所以，胡作非为。我还是有点自知之明的。

在这样的情况下，很多人总要问我有什么养生之术，有什么秘诀。我的回答是：没有秘诀，也从来不追求什么秘诀。我有一个“三不主义”，那就是，不锻炼，不挑食，不嘀咕。这需要解释一下。所谓“不锻炼”，绝不是一概反对体育锻炼。我只是反对那些“锻炼主义者”。对他们来说，天地，一锻炼也，人生，一锻炼也。我觉得，人生的意义与价值就在于工作。工作必须有健康的体魄，但更重要的是，必须有时间。如果大部分时间都用于体育锻炼。这有什么意义呢？至于“不挑食”，那容易了解。不管哪一国的食品，只要合我的口味，我张嘴便吃。什么胆固醇，什么高脂肪，统统见鬼去吧。有些吃东西左挑右拣，战战兢兢，吃鸡蛋不吃黄，吃肉不吃内脏的人，结果胆固醇反而越来越高。我的胆固醇从来没有高过，人皆以为怪，其实有什么可怪呢？至于“不嘀咕”，上面讲的那些话里面实际上已经涉及了。我从来不为自己的健康而愁眉苦脸。有的人无病装病，有的人无病幻想自己有病。我看了感到十分别扭，感到腻味。

我是陶渊明的信徒。他的四句诗：

纵浪大化中，
不喜亦不惧。
应尽便须尽，
无复独多虑。

这就是我的座右铭。

我这一篇短文的题目是："养生无术是有术"。初看时恐怕有点难解。现在短文结束了，再回头看这个题目，不是一清二楚了吗？至少我希望是这样。

谈所谓“老龄化社会”

我觉得，“老龄化社会”这一个词儿像是一个舶来品。几十年前，我没有听说过。

谈论人的老龄化，不是一件坏事。在人类社会中，除了那些夭折和中年早逝者外，每个人都有一个老年。一般说来，人到了老年，血气已衰，行动不会像青少年那样矫健，有时会需要一点照顾，这是人之常情。如果从这个意义上谈论“老龄化”，不但未可厚非，而且符合中国尊老的美德。因此，最初在报章杂志上碰到“老龄化”这个词儿时，心里颇有点甜滋滋的感觉，因为，我自己早已算是个老人了。

但是，随着时间的推移，这种谈论在报刊上出现的次数多了起来，而且给“老年”也下了定义：60 岁以上就算是老年。我不知道，这个规定是从哪里来的？是不是国际上公认的？谈论的口气也严肃了起来。我曾读到一些报道，说某某城市到了多少多少年，“老龄人”达到全体居民的多少多少百分比，它就算是一个“老龄化城市”。虽然没有明说其后果，然而语气之中隐隐埋藏着一点“忧患意识”。也许因为自己是老年人，难免有点神经过敏。我隐约感觉到，社会已经把老年人视为一种包袱、一种负担。他们自己已不能生产、劳动，需要别人——当然是年轻人——来养活他们了。将来老年人越多，则问题越多。偏偏 1949 年以来，人均寿命已经增加了一倍多，看来将来还会提高。这就意味着，社会的包袱将会越来越重了。这岂不是一件非常危险的事情吗？

恕我愚陋，我不理解，这样喧嚷不休地大谈“老龄化社会”，究竟有什么意义？规定 60 岁为老年，在旧社会是可以的。然而，到了今天，专就我们搞人文社会科学的人来说，60 岁正是黄金时期。读书多了，资料掌握也多了，正面和反面的经验和教训都已经有了，正是写作的最佳时刻。然而社会却突然告诉你：你已经“老”了！不中用了！成为社会的负担了！“老龄化”一个“化”字就把你打入另册。谈老色变，好像是谈艾滋病、环境污染、生态平衡破坏等威胁着人类生存前途的祸害一般，老龄人也威胁着人类的生存。

我真正不了解，谈论“老龄化”究竟想干什么？事实上，今天 60 岁以上的老年人还能干事、想干事、肯干事的大有人在。老在他们耳边聒噪什么“老龄”“老龄”，搅得他们不得安宁，这对社会不利，对中青年人也不利。这不是一清二楚的吗？

我的话能代表一部分老人的心情，我说得可能有激烈的地方，请非老人原谅包涵。

希望在你们身上

人类社会的进步，有如运动场上的接力赛。老年人跑第一棒，中年人跑第二棒，青年人跑第三棒。各有各的长度，各有各的任务，互相协调，共同努力，以期获得最后胜利。这里面并没有高低之分，而只有前后之别。老年人不必“倚老卖老”，青年人也不必“倚少卖少”。老年人当然先走，青年人也会变老。如此循环往复，流转不息。这是宇宙和人世间的永恒规律，谁也改变不了一丝一毫。所谓社会的进步，就寓于其中。

中国古话说："长江后浪推前浪，世上新人赶旧人。"像我这样年届耄耋的老朽，当然已是"旧人"。我们可以说是已经交了棒，看你们年轻人奋勇向前了。但是我们虽无棒在手，也绝不会停下不走，"坐以待毙"；我们仍然要焚膏继晷，献上自己的余力，跟中青年人同心协力，把我们国家的事情办好。

我说的这一番道理，迹近老生常谈，然而却是真理。人世间的真理都是明白易懂的。可是，芸芸众生，花花世界，浑浑噩噩者居多，而明明白白者实少。你们青年人感觉敏锐，英气蓬勃，首先应该认识这个真理。要想树立正确的人生观和价值观，也必须从这里开始。换句话说就是，要认清自己在人类社会进化的漫漫长河中的地位。人类的前途要由你们来决定，祖国的前途要由你们来创造。这就是你们青年人的责任。千万不要把人生观和价值观当作一个哲学命题来讨论，徒托空谈，无补实际。一切人生观和价值观，离开了这个责任感，都是空谈。

那么，我作为一个老人，要对你们说些什么座右铭呢？

你们想要从我这里学些什么经验呢？我没有多少哲理，我也讨厌说些空话、废话、假话、大话。我一无灵丹妙药，二无锦囊妙计。我只有一点明白易懂、简单朴素、迹近老生常谈，又确实是真理的道理。我引一首宋代大儒朱子的诗：

少年易老学难成，
一寸光阴不可轻。
未觉池塘春草梦，
阶前梧叶已秋声。

明白易懂，用不着解释。这首诗的关键有二：一是要学习，二是要惜寸阴。朱子心目中的“学”，同我们的当然不会完全一样。这个道理也用不着多加解释，只要心里明白就行。至于爱惜光阴，更是易懂。然而真正能实行者，却不多见。

这就是一个耄耋老人对你们的肺腑之谈。

青年们，好自为之。世界是你们的。

图书在版编目(CIP) 数据

过好这一生 / 季羡林著. — 杭州 : 浙江人民出版社, 2018.9（2019.4重印）
ISBN 978-7-213-08934-3

Ⅰ. ①过… Ⅱ. ①季… Ⅲ. ①杂文集—中国—当代 Ⅳ. ①I267.1

中国版本图书馆CIP数据核字（2018）第216447号

过好这一生
GUOHAO ZHE YISHENG
季羡林 著

出版发行 浙江人民出版社（杭州市体育场路347号 邮编 310006）
责任编辑 钱 丛
责任校对 朱 妍
封面设计 仙 境
电脑制版 刘 宽
印 刷 天津旭丰源印刷有限公司
开 本 880毫米×1230毫米 1/32
印 张 8.5
字 数 127千字
版 次 2018年9月第1版
印 次 2019年4月第2次印刷
书 号 ISBN 978-7-213-08934-3
定 价 45.00元